国学百科
文学殿堂

总主编　韩品玉
本书编著　刘静怡　徐丽慧

山东城市出版传媒集团·济南出版社

图书在版编目（CIP）数据

文学殿堂 / 刘静怡, 徐丽慧编著. —济南: 济南出版社, 2021.7

（国学百科 / 韩品玉主编）

ISBN 978-7-5488-4743-4

Ⅰ.①文… Ⅱ.①刘… ②徐… Ⅲ.①古典文学—文学欣赏—中国 Ⅳ.①I206.2

中国版本图书馆CIP数据核字(2021)第138399号

出 版 人	崔　刚
丛书策划	冀瑞雪
责任编辑	殷　剑
装帧设计	侯文英　谭　正
出版发行	济南出版社
地　　址	山东省济南市二环南路1号（250002）
编辑热线	0531-86131747（编辑室）
发行热线	82709072　86131701　86131729　82924885（发行部）
印　　刷	山东新华印刷厂潍坊厂
版　　次	2021年8月第1版
印　　次	2021年8月第1次印刷
成品尺寸	150 mm×230 mm　16开
印　　张	8.75
字　　数	122千
印　　数	1—5000册
定　　价	39.00元

（济南版图书，如有印装错误，请与出版社联系调换。联系电话：0531-86131736）

编委会

总 主 编 韩品玉
副总主编 徐文军　刘法礼　郑召波
本书编著 刘静怡　徐丽慧
编　　委（按姓氏笔画排序）

于　慧　马玮楠　王　静　王文君　史晓丽
庄　琪　刘法礼　刘静怡　孙金光　时双双
张　洁　张婉清　邵林喜　林　荣　郑召波
赵　岩　赵　洋　赵英兰　赵宝霞　徐文军
徐丽慧　宿光辉　董俊焱　韩　潇　韩品玉
翟荣惠

学术委员会主任　王恒展　徐文军

总　序

中华优秀传统文化是民族智慧的结晶，其价值历时而不衰，经久而弥新。对处于学习、成长关键期的青少年来说，优秀的传统文化不仅可以帮助他们汲取知识、开启智慧，而且能提升他们的核心素养，促其全面、健康地成长。因此，加强中小学阶段的优秀传统文化教育，是当前我国教育事业的重要任务。

这项任务的重要性和紧迫性，鲜明地体现在中小学的教学工作中。随着部编本中小学教材在全国的铺开，传统文化内容的比重大幅度提升。面对传统文化内容的激增，许多教师、学生和家长颇感迷茫，不知如何应对。正是在这一形势之下，《国学百科》适时推出。

这套书包括九册：《儒家先哲》《诸子学说》《文学殿堂》《艺术之林》《科技制作》《史地撷英》《人生仪礼》《岁时节令》《衣食文化》。其使用对象，主要是中小学生。

一、本书的特点

——教材内容的关联性

众所周知，传统文化体系庞大、内容繁杂。《国学百科》该怎么选取编纂的基点呢？编写组对全日制中小学教材所涉传统文化内容进行了周详的研判，确定了一项基本编纂原则：丛书所涉知识点要与中小学相关课程有关联。这里所说的"知识点"，体现在丛书各册林林总总的条目上。这些知识点是对教材既有知识的一种打通；难度呢，定位于与教材相当或稍高。如此，便形成了以相应学段和年级的课本内容为中心，渐次向外辐射的知识分布格局。

——学科覆盖的全面性

通观本丛书各册书名，有的明显对应某门课程，如《文学殿堂》对应语文，《史地撷英》对应历史、地理，《艺术之林》对应艺术课。还有些书目，表面上看来与现有课程并不挂钩，实际上关系非常密切。《儒家先哲》《诸子学说》分别从人物和学说的角度切入传统文化的内核，《人生仪礼》正面呈现传统文化"礼"的重要内容，《科技制作》《岁时节令》《衣食文化》分别从传统科技、节日和衣食的维度来讲述传统文化的某一侧面。总体而言，这套书由中小学课程涉及的知识点生发开来，基本形成了全面、完整的传统文化知识体系。

——科学健康的引导性

对中华优秀传统文化的学习，不应只停留在知识的层面，而应通过学习，将知识转化为内在的修养和外在的行动，转化为正确看待问题、解决问题的能力，实现个人的健康成长和全面发展。本丛书以此为理念，在编写中融入科学精神和人文情怀，以潜移默化地引导青少年读者。如翻开《儒家先哲》一书，我们可以看到，古代那些伟大的圣贤，往往不是崇尚空谈的理论派，而是"知行合一""经世致用"的实干家。他们身上所体现的科学精神、创新精神、实干精神，对于提升中小学生的核心素养，引导其健康成长、全面发展，具有积极的作用。

二、本书的价值

——助力获取各门课程的传统文化知识

如前所讲，中小学德育、语文、历史、艺术等课程都大幅增加了传统文化的内容。使用此书，便可帮助学生扫除相关学科的学习障碍。比如学习语文课时，配合使用《文学殿堂》一书，无论寻找人物生平还是查阅作品概览，都极为便利。将课上所学知识与本丛书所讲知识相互印证，还可帮助学生触类旁通。比如学生在学习外语课时遇到了"父亲节"的知识，翻开《岁时节令》一读，也许会"哇"的一声，因它可能会颠覆学生对"父亲节"只在西方的认知，使他们了解到中国曾有自己的"父亲节"。

——利于形成全面的传统文化知识体系

如今的中小学教育，除在各门课程中增加传统文化的比重外，还设置了专门的传统文化课程。这些课程的教材有的侧重于经典诵读，有的分述某一传统文化类型。我们认为除此之外，还应引导学生建立全面的传统文化知识体系。这有助于培养他们认识、理解传统文化的宏观视野。这套涉及传统文化方方面面的《国学百科》，便可作为现有传统文化教材的补充，为中小学生全面、系统地学习传统文化搭建一个台阶。

——积极引导青少年读者的全面发展

学习此书，可突破应考的瓶颈，从为人生打底子的高度，助力读者在获取知识的同时，走上全面、健康的成长之路。《儒家先哲》《诸子学说》中圣贤的伟大人格、动人事迹和高深智慧，将对青少年的品德修养和能力培养产生积极的影响。《科技制作》在普及我国古代科学知识的同时，将创新精神和工匠精神贯穿其中。《人生仪礼》在对人生重要仪礼的介绍中，渗透对生命和亲情的赞美，以此来引导青少年树立正确的世界观、人生观、价值观；全书坚持以现代科学的眼光，辩证地讲解传统仪礼和习俗，以培养青少年的辩证思维能力。《文学殿堂》《艺术之林》有助于青少年感受真善美，培养审美能力。《史地撷英》《岁时节令》《衣食文化》通过对祖国历史、地理、传统节日和传统衣食相关知识的讲解，激发青少年的民族自豪感、国家荣誉感和文化归属感。

《国学百科》可丰富传统文化知识，全面提升人文素养，一旦开卷，终身有益！

韩品玉

2020年冬月于泉城吟月斋

目录

前言 / 9

一 丰富多彩的文学体裁

1. 古体诗与近体诗 / 11
2. 唐诗、宋词、元散曲 / 16
3. 散文与骈文 / 21
4. 说、铭、记、传、序、跋 / 23
5. 赋 / 29
6. 戏　剧 / 32
7. 小　说 / 33

二 流芳千古的文学大家

1. 屈　原 / 37
2. 司马相如 / 38
3. 陶渊明 / 39
4. 谢灵运 / 40
5. 贺知章 / 41
6. 张若虚 / 41
7. 陈子昂 / 42
8. 孟浩然 / 43
9. 王昌龄 / 44
10. 王　维 / 45
11. "诗仙"李白 / 46
12. 高　适 / 47
13. "诗圣"杜甫 / 48
14. 岑　参 / 49
15. 韩　愈 / 50
16. 刘禹锡 / 51
17. 白居易 / 52
18. 李　贺 / 53
19. 杜　牧 / 54
20. 温庭筠 / 55
21. 李商隐 / 55
22. 柳　永 / 56
23. 晏　殊 / 57
24. 苏　轼 / 58
25. 周邦彦 / 59
26. 李清照 / 60
27. 陆　游 / 61
28. 辛弃疾 / 62

29. 施耐庵 / 64
30. 罗贯中 / 64
31. 吴承恩 / 65
32. 归有光 / 65
33. 汤显祖 / 66
34. 蒲松龄 / 67
35. 曹雪芹 / 67

三 彪炳千秋的文学著作

1. 《诗经》/ 69
2. 《楚辞》/ 70
3. 《左传》/ 71
4. 《国语》/ 73
5. 《战国策》/ 73
6. 《晏子春秋》/ 74
7. 《史记》/ 75
8. 《世说新语》/ 76
9. 《春江花月夜》/ 77
10. 《西厢记》/ 77
11. 《三国演义》/ 79
12. 《水浒传》/ 80
13. 《西游记》/ 81
14. 《牡丹亭》/ 83
15. 《聊斋志异》/ 84
16. 《桃花扇》/ 85
17. 《长生殿》/ 86

18. 《红楼梦》/ 87
19. 《儒林外史》/ 88

四 熠熠生辉的人物形象

1. 牛郎织女 / 89
2. 孟姜女 / 90
3. 刘兰芝 / 91
4. 关　羽 / 92
5. 张　飞 / 93
6. 刘　备 / 93
7. 诸葛亮 / 94
8. 曹　操 / 95
9. 周　瑜 / 96
10. 花木兰 / 97
11. 宋　江 / 98
12. 武　松 / 99
13. 鲁智深 / 100
14. 林　冲 / 101
15. 窦　娥 / 102
16. 杜十娘 / 103
17. 白素贞 / 104
18. 孙悟空 / 104
19. 唐　僧 / 106
20. 猪八戒 / 107
21. 沙　僧 / 108
22. 林黛玉 / 108

23. 贾宝玉 / 110

24. 薛宝钗 / 110

25. 王熙凤 / 111

26. 刘姥姥 / 112

五 风格各异的文学流派

1. 田园派 / 114

2. 边塞派 / 114

3. 花间派 / 115

4. 江西诗派 / 116

5. 婉约词派 / 117

6. 豪放词派 / 117

7. 秦汉派 / 118

8. 唐宋派 / 119

9. 公安派 / 119

10. 阳羡派 / 120

11. 浙西派 / 121

12. 桐城派 / 122

13. 常州派 / 122

14. 宋诗派 / 123

六 各具特色的文学并称

1. 风　骚 / 124

2. 建安七子 / 124

3. 初唐四杰 / 125

4. 永州八记 / 127

5. "三吏""三别" / 128

6. 唐宋八大家 / 129

7. 三　苏 / 130

8. 苏门四学士 / 131

9. 元曲四大家 / 132

10. 三言二拍 / 134

11. 南洪北孔 / 135

前　言

中华文明，源远流长；中国文学，蔚为大观。

我国古代文学殿堂群星璀璨，异彩纷呈。走进这座殿堂，我们可以看到，那些青史留名的杰出文学家，不止有渊博的学识和过人的才情，更有广阔的胸襟、深邃的思想和伟大的人格；那些流传千古的文学名著，不仅有令人沉醉的形式美，而且内蕴深厚，意境高远，是中华民族生生不息、奋发进取的独特精神产品。

认识中华文明，理解传统文化，离不开对古代文学知识的学习；生命个体的精神成长，也需要优秀古典文学的滋养和呵护。学习古代文学知识，阅读古典文学作品，可以锻炼记忆力，增强理解力，丰富想象力，开发审美力；更能吸取优秀传统文化中关于立志、勤学、修身、处世、治家、爱国等方面的思想精华，培养健全的人格。

但在阅读和学习的过程中，青少年读者必然会遇到各种各样的问题，脑海里难免产生一个个问号。要拉直问号，消除疑问，从训练自身学习能力的角度来说，最佳方法莫过于自己动手查阅书目。

《文学殿堂》兼有知识普及读本和工具书的性质，可以帮助青少年读者解决因阅读而产生的疑惑，扫清学习的障碍，轻松愉悦地接受古代文学的浸染和熏陶。这本书包括古代文学体裁、文学家、文学名著、文学形象、文学流派、文学并称六部分的内容，每一部分又包含若干条目，基本涵盖了学习古代文学过程中常见的问题；每一部分的条目大致按时代先后顺序排列，便于读者查阅；条目篇幅精短，重点突出，可使读者在较短的时间内获取有益的知识。

文学承载文明，经典浸润人生。相信这本书能成为打开文学殿堂之门的钥匙，带读者走进神奇瑰丽的文学世界。

《文学殿堂》编著者

2020年冬月

一　丰富多彩的文学体裁

我国古代的文学体裁，大体可分为诗歌、文、赋、戏剧、小说等类别。

这里所说的诗歌，是个广义的概念，包括诗、词和散曲，其中诗又有古体、近体之分。文从形式特征来看，可分为散文、骈文两大类；从性质、功用来看，又可分为说、铭、记、传、序、跋等。赋是介于诗、文之间的一种文体，有大赋、小赋之分，又可分为散体赋、骈体赋、骚体赋等。戏剧主要包括杂剧、南戏、传奇等。小说篇幅有长、短之别，语言有文言、白话之分，按题材又可分为历史小说、神怪小说、世情小说、侠义公案小说等。

1. 古体诗与近体诗

（1）古体诗

古体诗又叫作古风、古诗，是与近体诗相对的一个概念。近体诗讲究格律，产生于南北朝的齐梁时期，正式形成并盛行于唐代。唐代以前的所有不合近体格律的诗歌，都叫作古体诗；唐代以后模仿古体诗形式而写作的那些不合近体格律的诗，也算作古体诗。

古体诗形式非常自由，不讲究平仄、对仗，押韵比较宽泛，篇幅可长可短，每句字数有四言、五言（也叫作"五古"）、六言、七言（也叫作"七古"）和杂言（字数没有限制）几种。乐府诗、古绝、歌行体、柏梁体、入律古风也归为古体诗。

四言诗是我国最古老的一种诗歌形式，在西周和春秋战国时期广为流行。《诗经》中很多诗歌都是四言诗。汉代、魏晋时仍有人写四言诗，如曹操《短歌行》《观沧海》《龟虽寿》，嵇康《兄秀才公穆入军赠诗》，陶渊明《停云》《荣木》等。

五古，每句五个字，句数没有限制，平仄、押韵自由，也不讲究对仗。五古在章法结构上注重"起承转合"的运用，尤其是"起"的内容；在表现手法上，大多是通过景物描写或对人物表情的描写来抒发情感。例如《古诗十九首》、《长歌行》（"青青园中葵"）、杜甫《羌村三首》、李白《月下独酌》等。

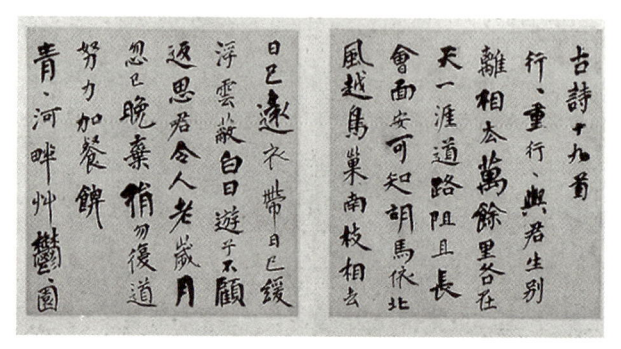

清·傅山行书《古诗十九首》

六言诗也是古体诗的一种，诗歌的每句都是六个字。《诗经》中已经出现六言散句，可视为六言诗的萌芽。完整而规范的六言诗出现于汉末建安时期，现存最早、最完整的六言诗，就是这一时期孔融写的三首。后世五言诗和七言诗成为诗歌的主流，六言诗则不多见。不过，也有一些比较好的六言诗流传至今，如唐代王维《田园乐》（其三、其六）、刘长卿《谪仙怨》、杜牧《山行》（"家住白云山北"）、鱼玄机《隔汉江寄子安》等。

七古，每句七字，在写作技巧方面有自己的特点。元代诗人范梈说："七言古诗，要铺叙，要开合，要风度，要迢递、险怪、雄峻、铿锵，忌庸俗软腐。须是波澜开合，如江海之波，一波未平，一波复起。又如兵家之阵，方以为正，又复为奇，方以为奇，忽复是正。奇正出入，变化不可纪极。"我国现存最早、最完整的七言诗是三国魏曹丕的《燕歌行二首》；南朝梁至隋代，七言诗开始增多；唐代以后，七言诗才真正兴盛起来。七言诗为诗歌提供了一个容量更大的新形式，使我国古典诗歌的艺术表现力得到进一步提升。七言古诗的代表作有唐代卢照邻《长安古意》、张若虚《春江花月夜》、李白《金陵酒肆留别》、岑参《白雪歌送武判官归京》、杜甫《观公孙大娘弟子舞剑器行》及宋代苏轼《百步洪》等。

杂言诗每句字数不等，全篇长短句间杂，用韵也较自由。最短的句子仅有一字，长句子则有十字以上的，其中以三字、四字、五字、七字句最多。这种诗体形式自由，便于充分发挥诗人的想象力和创造力，自由表达思想感情。唐代大诗人李白是作杂言诗的高手，《蜀道难》《梦游天姥吟留别》等都是传世名篇。

乐府诗由乐府官署而来。汉武帝时定郊祭礼乐，建立乐府官署，广泛采集民间歌谣，配以音乐，在朝廷祭祀或宴会时演唱。乐府搜集、整理的民歌，就是乐府诗，简称"乐府"。后世文人用乐府古题或仿乐府民歌形式而拟作的诗歌，也属于乐府诗，又称"文人乐府"（区别于乐府民歌）。乐府诗是《诗经》《楚辞》后一种新的诗歌形式。代表作有汉代《孔雀东南飞》、北朝《木兰诗》（合称"乐府双璧"），唐代李白《行路难》《将进酒》等。

古绝，即不入律的绝句。王力《诗词格律》中说："凡合于下面的两种情况之一的，应该认为是古绝：（1）用仄韵；（2）不用律句的平仄，有时还不粘、不对。当然，有些古绝是两种情况都具备的。"古绝也有五言、七言两种形式，但五言的较常见，七言的比较少。例如唐代李白《静夜思》、李绅《悯农二首》等。

歌行体是乐府诗的一种，也叫作乐府歌行体。汉魏以后的乐府诗题目名为"歌"或"行"的非常多。歌、行虽然名称不一样，但并没有严格的区别，因此也有"歌行一体"的说法。歌行体形式上大多为七言，也有五言和杂言的，句子可以长短不一，形式灵活，富于变化，也可以歌唱。例如唐代白居易《琵琶行》《长恨歌》等。

柏梁体是七言古诗中句句用韵且一韵到底的特殊情形。例如三国魏曹丕《燕歌行》、唐代杜甫《饮中八仙歌》等。

入律古风，是使用近体诗的平仄格式的古体诗。它有以下特点：一是全部使用律句或者基本上使用律句；二是可以换韵，平仄韵可以交替使用；三是多数为七言诗，每四句换一次韵，换韵以后的第一句诗歌也要入韵，整首诗看起来就像是多首"七绝"组合在一起。例如唐代王勃《滕王阁诗》、高适《燕歌行》等。

（2）近体诗

近体诗是对定型并盛行于唐代的律诗和绝句的通称。它对诗歌的句数、字数和平仄、用韵等都有比较严格的规定，又叫作格律诗。

绝句又称截句、断句、绝诗，一首四句。大多数情况下每句有五个字或七个字，即五言绝句、七言绝句；六言绝句也有，但很少见。

绝句起源于汉代，当时有五言四句的乐府小诗，但对于平仄、押韵并没有严格的规定，也就是古绝。由于古绝年代久远，又都流传于民间，所以大多不知作者。如"南山一树桂，上有双鸳鸯。千年长交颈，欢爱不相忘"，"日暮秋云阴，江水清且深。何用通音信，莲花玳瑁簪"，这类五言小诗，音韵比较自由，意境也很优美。

经过魏晋南北朝的发展，到了唐代，诗歌的平仄和押韵都有了成熟的规则，这种四句的诗歌最终定型为绝句。唐、宋两代是我国古典诗歌发展的黄金时代，绝句创作的名家名章数不胜数。孟浩然《春晓》，王维《九月九日忆山东兄弟》《送元二使安西》，李白《早发白帝城》《黄鹤楼送孟浩然之广陵》《望庐山瀑布》，杜甫《绝句四首·其三》《江南逢李龟年》，王之涣《登鹳雀楼》《凉州词》，王昌龄《出塞》《芙蓉楼送辛渐》，韩愈《早春呈水部张十八员外》，柳宗元《江雪》，白居易《暮江吟》，刘禹锡《乌衣巷》，张继《枫桥夜泊》，李商隐

《万首唐人绝句》

《乐游原》，杜牧《赤壁》《泊秦淮》《清明》，王安石《元日》《泊船瓜洲》，苏轼《题西林壁》《饮湖上初晴后雨》，李清照《夏日绝句》，陆游《示儿》《十一月四日风雨大作》，杨万里《晓出净慈寺送林子方》，等等，都是千古传诵的绝句名篇。唐宋绝句中的佳作，既符合格律，又不为格律所限，情、理、景交融，浑然天成，毫无斧凿之痕迹，达到了很高的艺术境界和思想境界。后世对唐宋绝句虽不断有模仿之作，但少有能与之比肩者。

律诗也是近体诗的一种，起源于南朝，定型于唐代初期。它因格律非常严密而得名。

律诗通常分为五言律诗、七言律诗和排律。一首八句，每句五个字的是五律，七个字的则是七律；一首八句以上的则是排律。其中，五律和七律的第一、二句是首联，三、四句是颔联，五、六句是颈联，七、八句是尾联。每一联的上句是出句，下句是对句。三、四句和五、六句必须严格对仗，对仗的句法要相同，而且不能用同一个字来对。同时，对仗的词性也要相对应，如名词与名词相对，动词与动词相对，虚词与虚词相对，代词与代词相对；天文对天文，地理对地理，方位对方位，人事对人事；等等。如李白《送友人》中"浮云游子意，落日故人情"一联，"浮云"与"落日"相对，"游子"与"故人"相对，"意"与"情"相对。古代还有人为儿童学习近体诗而编写了一些启蒙读物，如明末清初李渔的《笠翁对韵》，内有"天对地，雨对风，大陆对长空。山花对海树，赤日对苍穹"这样的内容，对学习近体诗的对仗很有帮助。

律诗必须严格押韵。通常二、四、六、八句押韵，且多押平声韵，中间不得换韵。五律的首句不入韵为正例，七律则是首句入韵为正例。如崔颢的《黄鹤楼》："昔人已乘黄鹤去，此地空余黄鹤楼。黄鹤一去不复返，白云千载空悠悠。晴川历历汉阳树，芳草萋萋鹦鹉洲。日暮乡关何处是，烟波江上使人愁。""楼""悠""洲""愁"押韵，颔联、颈联对仗又极其工整，使得全诗朗朗上口。

唐宋时期是律诗发展的高峰，其中最具代表性的诗人是杜甫。

他的《登岳阳楼》被后人推为"盛唐五律第一",《登高》则被评为"古今七律第一";此外,他的《春望》《旅夜书怀》《秋兴八首》《登楼》《闻官军收河南河北》《咏怀古迹》等五律、七律,也都是古代律诗的典范。

2. 唐诗、宋词、元散曲

广义的古代诗歌,包括诗、词和散曲。词是由诗的五言、七言,演变为长短不一的句子,所以又叫"长短句""诗余"。早期词大多出自民间,后来经过文人的加工改造,形成了固定的"词牌"和严格的格律。与诗歌相比,它虽然对平仄、对仗、押韵也有严格的要求,但句式长短不一,可以配合各种曲调的音乐演唱。词以字数的多少分为小令、中调和长调,以风格的差别分为婉约词和豪放词。散曲也是古代诗歌的一种形式,它由词演化而来,所以又称"词余"。在形式上,散曲与词相像,也是运用长短句,但它的格律比较自由,可以加衬字甚至增加句子,并且多用口语化的语言,所以更为通俗活泼,所能表现的题材范围也更广阔。散曲可分为小令和散套。小令是单个的曲子,散套则是由许多曲子连缀而成。

在我国古代文学史上,某一种文学体裁的发展,在某个时代达到了顶峰,就成为这个时代的代表性文学。王国维在《宋元戏曲考》中说:"凡一代有一代之文学:楚之骚,汉之赋,六代之骈语,唐之诗,宋之词,元之曲,皆所谓一代之文学,而后世莫能继焉者也。"唐诗、宋词、元曲,就是我们最熟悉的"一代之文学"。其中元曲包括散曲和杂剧两部分,杂剧属于戏剧,后面再讲,这里只讲唐诗、宋词和元散曲,它们代表了我国古代诗、词、散曲创作的最高成就。

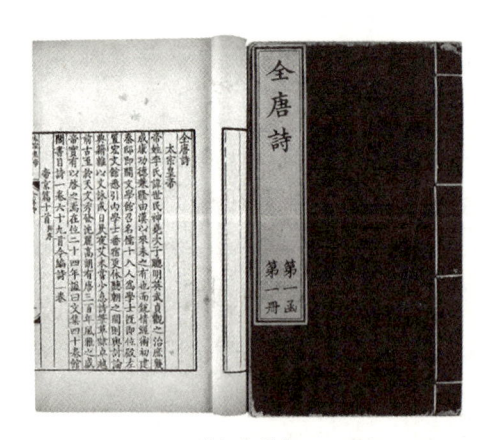

《全唐诗》

（1）唐诗

唐诗是我国文学史上一颗璀璨的明珠，代表着《诗经》《楚辞》之后诗歌创作的最高成就。近体诗定型于唐代，并迅速登上后世难以企及的高峰；古体诗也没有因为近体诗的异军突起而衰落，反而大放异彩，艺术形式和思想内容都达到了一个新的境界。

唐代诗歌题材范围空前扩大，上写国家大事、民间疾苦、历史兴亡，下写个人情感和遭际，不仅记录了唐朝社会的真实情况，而且描写了各个阶层人们的生活、思想、情感，是当时国家经济、政治、文化、军事、自然及作家个人生平、心理等各方面的写照，为历史、文学研究提供了大量宝贵的资料。

唐代诗坛群星璀璨、异彩纷呈，既有李白、杜甫、王维、白居易这样能够驾驭各种诗体、各种题材的大诗人，也有"七绝圣手"王昌龄、"五言长城"刘长卿，边塞诗人高适、岑参，田园诗人孟浩然等擅长一种诗体或题材的名家。还有一些传世作品极少，但仅凭一两首作品就足以名垂千古的诗人。如张若虚仅存诗两首，其中《春江花月夜》有"孤篇横绝"之美誉；王之涣仅存诗六首，其中《凉州词》《登鹳雀楼》分别被后人推为唐代七绝和五绝的压卷之作。

唐代诗歌经历了初唐、盛唐、中唐、晚唐四个发展阶段，每个阶段都有名家出现，有名作传世。

唐代初期，六朝奢靡浮华的诗风仍然流行于诗坛。"初唐四杰"王勃、杨炯、卢照邻、骆宾王和诗文革新的先驱陈子昂，共同开拓了唐诗的新风气，使之有了清新健朗的色彩。他们开始把诗歌从歌颂、描写宫廷转向了描绘市井民生、山河风景、边塞生活和抒写个人情怀，丰富了诗歌的题材和内容，为盛唐诗歌的繁荣铺好了道路。

如果说唐诗是中国古代诗歌的高峰，那么盛唐诗就是这座高峰的顶点。李白、杜甫两位伟大的诗人就生活在这个时代。李白放浪形骸、不畏权贵，一心报国又怀才不遇，写下了许多波澜壮阔、天马行空的作品；杜甫则倾力抒写安史之乱后的国家忧患与人民疾苦，真实反映了唐代由盛转衰的现实，记录了当时的国情与民生。他们的作品，分别代表了古代浪漫主义和现实主义诗歌的最高成就。王维也是这一时期的大诗人，他既以田园诗著称，又有边塞诗名篇传世，而且古体诗、近体诗都擅长。另外孟浩然、常建、储光羲的田园诗，高适、岑参、王昌龄的边塞诗，也是盛唐诗歌的重要组成部分，在文学史上留下了光辉的一笔。

唐代中期，白居易、元稹等诗人发起"新乐府运动"。他们的诗歌发扬《诗经》和汉魏乐府讽喻时事的传统，描写社会生活的各个方面，使诗歌走上了现实主义的道路。韩愈、李贺、孟郊、贾岛、柳宗元、刘禹锡也是这一时期的重要诗人。他们的作品各有千秋，共同开创了中唐诗歌的盛况。

唐代晚期，国家在动乱之后走向了衰败。这时的诗坛虽不如原来景气，但也出现了杜牧、李商隐这样自成一家、影响深远的诗人。

唐代诗歌的繁荣，不仅体现在诗坛上。帝王将相、宫娥歌女、道士僧尼都有诗作传世；当时的小说、变文等通俗文学也大量引用诗歌，或以五言、七言诗的形式来写唱词。这说明在唐代，诗歌受到社会各阶层的喜爱。

唐代不愧是诗的王国！

（2）宋词

词出现于唐代，最初是为古代音乐填的歌词，后来逐渐脱离音乐，成为一种独立的诗体。早期词多出于民间，文人作词者很少。相传李白所作的《菩萨蛮·平林漠漠烟如织》和《忆秦娥·箫声咽》是后代文人词之祖。晚唐至五代时期，文人词逐渐多了起来，代表词人有温庭筠、韦庄、李璟、李煜、冯延巳等。这时期词的创作虽取得了一定的成就，但总体来说，题材比较狭窄，风格比较单一，格律也

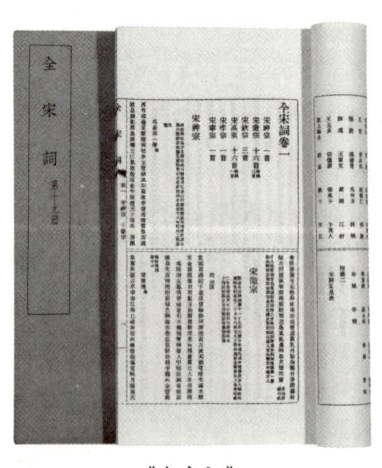

《全宋词》

不是特别成熟。

词真正成为成熟的诗体并盛行于世，是在宋代。

北宋前期的词作大多承袭五代绮靡艳丽的词风，代表词人有张先、晏殊、宋祁、欧阳修、晏几道等。柳永是北宋前期推动词风革新的关键人物。他用铺叙手法大量创制慢词，从根本上改变了唐五代以来词坛上小令一统天下的格局，扩充了词的容量，提高了词的表现能力；他还在词中运用通俗化的语言，表现世俗化的市民生活情调，从创作方向上改变了词的审美内涵和审美趣味。苏轼继柳永之后，对词体进行了全面的改革，提高了词的文学地位。他突破音律的束缚，使词不再依附于乐曲，而成为独立的抒情文体；他进一步扩大了词的表现功能，开拓了词的境界，将洒脱旷达之气注入传统的柔情婉约之词中，开豪放一派。后又有周邦彦兼收并蓄，博采诸家之长，成为婉约词之集大成者，为词的发展革新做出了很大的贡献。北宋著名的词人还有贺铸、黄庭坚、秦观等，他们各自挥洒才华，使北宋词坛异彩纷呈。女词人李清照在宋代词苑中独树一帜，是两宋之交最重要的词人。南宋内忧外患不断，词坛也以慷慨愤世和感伤时事为基调。辛弃疾是南宋最伟大的词人，被后世誉为"词中之龙"（《白雨斋词话》）。无论是作品的数量、题材的广度，还是风格的多样性、手法的丰富性，两宋词坛都无人能与之相比。更重要的是，他将满腔爱国之情与不平之气寄于词中，使其词具有很高的思想价值。南宋著名的词人还有张元干、张孝祥、陆游、陈亮、刘过、姜夔、史达祖、刘克庄、吴文英、刘辰翁、周密、王沂孙、蒋捷、张炎等。

宋词大致可分为婉约词和豪放词。婉约词婉转含蓄，多描写儿女风情，语言缜密、柔美，注重音律的和谐。代表词人有周邦彦、李清照等。豪放词则气势恢宏、悲壮激昂，往往不拘泥于音律，且题材更为广泛。代表词人有苏轼、辛弃疾等。需要说明的是，婉约、豪放两派并非泾渭分明，比如苏、辛两人也有婉约词名篇传世。

尽管宋代诗与散文的创作都取得了很高的成就，且在作品数量和反映现实的广度、深度方面明显优于词，但在宋代文坛上，最有创造性，最具时代特色，也最能表现人们真实感情生活的，莫过于词。另外，词这一文体的发展、变化直至达到顶峰，这一过程都是在宋代完成的。因此，词是宋代最具代表性的文学。

（3）元散曲

在十二、十三世纪南宋先后与金、元对峙的时期，金、元统治下的北方兴起了一种新的诗体，这就是散曲。散曲在元代定型，并成为这一时期最具生命力和创造力的文学形式之一。据隋树森《全元散曲》所收录，现今留有姓名的元代散曲作家达二百余人，存世作品达四千三百余首（套）。元散曲以其语言的通俗、形式的活泼、描绘的生动、手法的多样和揭示社会现实的深刻性、题材的广阔性，在古代文学史上放射出璀璨的光芒，与唐诗、宋词并列为我国古代诗苑中的三朵奇葩。

金元之际的元好问是散曲的开山鼻祖。他顺应时代潮流，第一个将词改编为散曲，并在词牌的基础上自制曲牌。他存世的作品虽不多，但风格大都疏放洒脱，对后来散曲家的创作有重要影响。

元散曲作家通常以元成宗大德年间为限，分为前后两个时期。前期的代表作家有关汉卿、马致远、白朴和王实甫等。他们的散曲作品多抒发愤世嫉俗或男女爱恋的思想感情，风格比较朴素自然。其中马致远不仅留下了较多的散曲作品，而且通过创作开拓了散曲的题材，提高了散曲的意境，在散曲发展史上占有突出的地位。关汉卿也是这一时期的重要作家，他的小令活泼而不失婉丽，散套则豪爽泼辣、痛快淋漓，极具个人风格。后期作家以乔吉、张可久、徐再思等为代表。他们的作品注重语言的雕琢，追求形式上的工巧。张可久是这一时期最著名的作家，毕生专作散曲，传世作品有八百余首。他的散曲较少写现实生活，形式上注重辞藻与格律，风格

《全元散曲》

典雅清丽，意境幽远。由于后期散曲家过分追求形式的精美，使散曲逐渐丧失了通俗、朴素的本质，阻碍了它在民间的传唱。此后，元散曲逐渐走向衰落。

元代著名的散曲家还有卢挚、贯云石、郑光祖、睢景臣、张养浩、刘时中等。

以艺术风格来论，元散曲可分为本色派和文采派。本色派是元散曲的主流，其作品语言直率坦白，多用口语方言，充满生气。前期的散曲家多属此派。文采派散曲华美绮丽，文采斐然，后期散曲家多属此派。同一作家也可能兼有本色、文采两派风格的作品。

和唐诗、宋词相比，元散曲不仅形式上更为灵活，而且多用白描的手法，叙事、写景、抒情不讲究含蓄蕴藉，而是一定要描写得淋漓尽致，这是它最根本的艺术特色，也是它能在诗歌史上占有一席之地的原因。

3. 散文与骈文

（1）散文

散文是与韵文、骈文相对的一个概念，指不押韵、不重排偶的散体文章。它是最灵活、最实用、最贴近现实生活的一种文体，也是古代起源最早、作品最丰富的文体之一。

我国古代散文源远流长。上古历史文献集《尚书》中的篇章已是成熟的散文。《左传》《国语》《战国策》等史书，《荀子》《孟子》《庄子》《韩非子》等诸子散文，都是先秦散文的代表。秦汉时期，李斯、贾谊、晁错等人的政论文，和司马迁《史记》、班固《汉书》等史传散文，代表了这一时期的散文成就。魏晋南北朝时，骈文和赋几乎占领了所有的领域，散文相对沉寂，但也有郦道元《水经注》、杨衒之《洛阳伽蓝记》、颜之推《颜氏家训》等散文著作传世。

古代散文真正进入文学的境界，有独立的审美地位，是在唐宋时期。中唐的韩愈、柳宗元反对六朝以来追求浮华的文风，大力提倡"古文运动",追求作品思想性和艺术性的统一。他们以鲜明、系统的理论和登峰造极的创作实践,为散文的发展打开了前所未有的新局面,正式确立了散文在文坛的统治地位。唐末、五代至宋初,六朝浮华的文风又有抬头的迹象,北宋欧阳修、苏洵、苏轼、苏辙、王安石、曾巩等散文家大力复古革新,使宋代散文进一步发展壮大。唐宋时期这八位散文家,代表了当时散文创作的最高成就,被后世合称为"唐宋八大家"。在他们的努力下,散文的形式、技巧、题材、内容都得到了空前的丰富和提升,不再是单纯的实用性文体,而成为兼具实用性与艺术审美的文学作品。唐宋两代无疑是我国古代散文发展的黄金时期。韩愈《进学解》《师说》《祭十二郎文》,柳宗元《始得西山宴游记》《至小丘西小石潭记》《种树郭橐驼传》,欧阳修《五代史伶官传序》《醉翁亭记》,苏洵《六国论》,苏轼《石钟山记》《留侯论》《方山子传》,苏辙《上枢密韩太尉书》《黄州快哉亭记》,王安石《游褒禅山记》,曾巩《墨池记》等,都是传世名篇。

宋代以后,散文渐衰,但也不乏名家名作。比如明代宋濂、刘基、归有光、袁宏道等人的一些作品;特别是明末张岱《湖心亭看雪》《西湖七月半》等小品文,短小活泼,富有情趣,审美价值很高,开拓了古代散文的新领域。清代方苞、姚鼐等"桐城派"作家,也在理论和创作实践上对散文的发展做出了贡献。

(2)骈文

骈文又叫骈体文、骈俪文、骈偶文,是与散文相对而言的。它多以偶句(俪句)组成,讲究对仗和声律,是一种很重视形式的文体。其中"四六"(全篇以四字句和六字句为主)是比较有代表性的一种骈文,又叫作"骈四俪六"。

骈文起源于秦汉,形成于魏晋,至

《骈体文钞》

南北朝进入发展的鼎盛期。南北朝骈文用典更加繁复，声律更加和谐，对偶更加精密，句式更加整齐，辞藻更加华美，风格更加多样。这一时期骈文名家辈出，作品的数量、质量也达到了空前的高度。事实上，当时除了《后汉书》《宋书》《南齐书》等史书外，其他领域的文章几乎全以骈体写成，如政府的公文、私人的书信、学术著作，以及颂、赞、箴、铭、哀、诔等各种文体，甚至史书的史论部分也多以骈文来写。因此，王国维将骈文视为六朝文学的代表，与汉赋、唐诗、宋词、元曲并列（《宋元戏曲考》）。

直到中唐前期，骈文的创作仍旧盛于散文；中唐韩愈、柳宗元等明确反对骈文，提倡古文（秦汉散文），骈文才走向衰落。晚唐、五代，骈文复兴，至北宋欧阳修等散文家重倡古文，骈文再次衰落。到了清代，骈文又有复兴的迹象，但再也无法重现往日的辉煌。

骈文在语言上要求平仄相对、音韵和谐、声律铿锵，修饰上也注重用典和藻饰。虽然骈文创作在形式、技巧上有很多限制，不像散文创作那样自由灵活，但只要运用得当，就可以写出非常精美的文章，具有独特的艺术魅力。东晋王羲之《兰亭集序》、陶渊明《归去来兮辞》，南朝鲍照《登大雷岸与妹书》、江淹《别赋》、孔稚圭《北山移文》、陶弘景《答谢中书书》、丘迟《与陈伯之书》、吴均《与朱元思书》（一作《与宋元思书》）、徐陵《在北齐与杨仆射书》、庾信《哀江南赋序》，唐代王勃《滕王阁序》、李华《吊古战场文》、刘禹锡《陋室铭》、杜牧《阿房宫赋》、李商隐《祭小侄女寄寄文》，清代汪中《哀盐船文》等，都是流传千古的骈文佳作。

4. 说、铭、记、传、序、跋

古代文章从形式上可分为骈文和散文两大类，但古人对文章的分类并没有统一的标准，因此古代文章的种类非常多。南朝梁萧统编的《文选》、刘勰作的《文心雕龙》，对文章的分类都有三十多种。明代徐师曾的《文体明辨》中所收录的文体（包括诗和赋），更是多达一百二十一种，令人叹为观止。其实古代对文章的分类存在同实异名的现象，就是说同一体裁的文章有不同的名称，如墓碑和墓碣其实是一种文体，奏疏、札子和奏折也是如此，这就造成了古代文章类别繁杂的情况。直到清代姚鼐编《古文辞类纂》，以性质或功用为标准，将古代文章分为十三类，才算是比较科学、全面的文章分类。

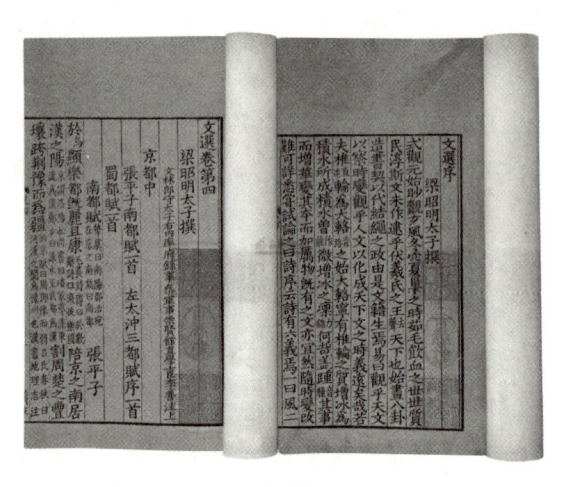

《文选》

在古代众多的文章类别中，说、铭、记、传、序、跋是常用的六种文体。

（1）说

说是古代文体的一种，它往往借助一件事物或一种现象来发表议论，阐述事理，表达作者内心的感受和见解。

说通常篇幅不长，语言简洁明了，并且写作手法较为灵活，与杂文手法相似。这种文体源于战国时期策士游说之辞，所以侧重于说理。但它并不注重推理演绎，而是因事（物）而发，通过小的事物揭示大的问题或道理，所以论题自由，可以灵活变化。用现代的话来讲，"说"就是"谈一谈"的意思。如北宋周敦颐的《爱莲说》，就是谈自己喜爱莲花的道理。它通过对莲花从淤泥中生出，盛开在水面的形象进行描写，来歌颂莲花"出淤泥而不染，濯清涟而不妖，中通外直,不蔓不枝,香远益清,亭亭净植,可远观而不可亵玩焉"的高贵品质。作者还将莲花与大众喜爱的"花之富贵者"牡丹进行对比,说明只有真正理解莲花的人,才能感受到它的君子品格。另外,唐代韩愈《马说》、柳宗元《捕蛇者说》等名篇,也都是采用这种寓教于事(物)的形式。

(2)铭

铭最初是刻在器物上,用以歌功颂德或劝诫世人的文字。因其能够表达一定的内容,又可以独立成篇,所以逐渐发展为一种独立的文体。

铭的用途很广,类型很多。为著名山川设立的石勒铭是其主要类型之一。如西晋文学家张载回四川探望父亲,途中路过剑阁,看到剑阁地势险要,风光绮丽,便有感而发,写下了《剑阁铭》。他先是写出了剑阁"壁立千仞,穷地之险,极路之峻"的险要地势;然后,他指出,在这种关口,一个人可以借助地势抵挡千万人,所以必须委派亲信来把守。最后,他进一步升华了文章的主题,指出国家兴亡的关键在于统治者是否有"德",若统治者昏庸无道,即使有天险可依,也必然灭亡。作者作此铭,就是为了告诉世人这个道理。

器物铭也是铭的重要类型之一。如宋代苏轼的《莲花漏铭》。在没有钟表的时候,古人计时的工具比较落后,误差很大,直到宋代燕肃发明了莲花漏。这种计时器计时准确、制作简单而且精巧,大大方便了当时人们的生活。《莲花漏铭》就是赞扬燕肃的这一发明的。

另外还有座右铭,是作者写来置于身旁,用来时时刻刻提醒自己的;墓志铭,是记录死者生平、标示其生前身份地位的;等等。唐代刘禹锡的《陋室铭》、韩愈的《柳子厚墓志铭》,都是铭中的佳作。

(3)记

记,又称"杂记",是记叙文的一种,通常用来记载人事、山水等,兼以议论、抒情。现今通常将古代的记分为四类:台阁名胜记、山水游记、书画杂物记和人事杂记。

台阁名胜记是古人在游览亭台楼阁时写下的文章。作者往往通过记录台阁名胜的历史传说、修葺过程等，来抒发自己的情感、抱负等。如欧阳修的《醉翁亭记》。这篇文章写醉翁亭周围的优美环境及滁州百姓安乐的生活，以及作者与民同乐的情景，其中也流露出一丝遭谗被贬的苦闷。

山水游记主要描写自然风光，展现自然之美，兼有议论和抒情。如苏轼的《石钟山记》。这篇游记先写了石钟山名字由来的几种说法，并且对这些说法表示了怀疑；然后写作者实地考察了石钟山，终于得知了它名字的真正由来；最后表达了作者的感想：认识事物要眼见为实，切不可妄自猜测。

书画杂物记是为书画、器物等写的记，主要描写其形式、手法、内容、艺术特点、历史沿革、思想内涵等。如明代魏学洢的《核舟记》。它以平实而细腻的文笔描写了一件微雕工艺品——核舟。全文仅四百余字，却将核舟的形象描绘得非常细致、完整，堪称典范之作。

人事杂记主要记叙人物生平或反映社会现象。如清代方苞的《狱中杂记》。方苞因《南山集》被牵连入狱，出狱后，他写下了在狱中的所见所闻，揭露了许多不为人知的事实：狱卒的薪水非常少；狱中瘟疫流行，死者与活人挨在一起，毫无避瘟可言；狱中还存在勒索、贪污、死刑犯偷梁换柱等腐败现象。这篇文章不仅揭露了当时残酷黑暗的现实，而且留下了珍贵的历史资料。

（4）传

传是记载人物生平和事迹的文章。有记叙别人事迹的传，也有记叙自己生平的"自传"；可以一人一传，也可以数人合传。

传一般分为两类。一类是以记叙史实为主的传。这类传史料性较强，要求忠于历史，崇尚朴实、雅洁，但也可以进行适当的艺术加工。这类传又可以分为多种样式，如见于正史的"本传"、用以补充本传的"别传"、按年月记载人物事迹的"年谱"、简略记录事迹的"小传"、记叙已故亲友事迹的"事略"等。司马迁《史记》中的

《项羽本纪》《陈涉世家》《廉颇蔺相如列传》《李将军列传》《魏公子列传》，班固《汉书》中的《苏武传》《朱买臣传》等，都是史书中优秀的人物传记。另一类传则属于文学的范围，以文学的笔法来描写人物的生平或日常琐事等，以表现人物性格以及他所处的社会环境。这类传所写的对象不一定是历史人物，也可能是一些名不见经传的小人物；记叙人物事迹也不拘泥于史实，允许带有想象性的自由发挥和虚构成分。韩愈《张中丞传后叙》、柳宗元《种树郭橐驼传》、苏轼《方山子传》、袁宏道《徐文长传》、黄宗羲《柳敬亭传》、侯方域《马伶传》等，都是为人所称道的名篇。

传具有多重价值。第一，它通过记录人物的生平事迹，能够反映人物所处时代的政治、经济、思想、文化等各方面的情况，为历史研究保存了重要的资料，有重要的历史价值；第二，优秀的传记作品叙事引人入胜，语言具有美感，人物形象鲜明，有很高的文学价值；第三，它通过记叙人物的生平及结局，总结了大量的经验教训，给人以警示和启迪，有重要的思想价值。

（5）序

序是写在诗文集前面或书画上，说明作品的主旨、内容、用途、创作原委等，并发表评论的文章。有作者自己写的序，也有请人代写的序。在魏晋以前，序多放在作品的后面，魏晋后则一般放在前面。

序大致分为主叙事的序和主议论的序两类。主叙事的序，通常记录写作缘由、著作内容、作家生平等，而主议论的序则多用来表达自己的观点。两者并无固定的界限，作序者经常交互使用叙事和议论，有些甚至还带有强烈的抒情色彩。

唐代王勃的《滕王阁序》，就是一篇记事的序。滕王阁是唐高祖之子滕王李元婴建造的。王勃在探望父亲的途中于此地参加宴会，便作了《滕王阁序》来描写这场宴会。滕王阁景色壮美，宴会又高朋满座、其乐融融。在这欢乐的氛围中，作者却"兴尽悲来"，在文中抒发了自己时运不济、命途多舛的感慨。这篇序具有强烈的抒情性，感人至深。

明·文征明行书《滕王阁序》(局部)

宋代欧阳修的《五代史伶官传序》,则是一篇以议论为主的序。当时,北宋王朝虽处于盛世,但各种社会矛盾层出不穷,政治上积弊已久。为此,欧阳修创作了这篇文章,借五代时期后唐的盛衰史,告诫北宋的执政者要吸取历史教训,居安思危。文章开篇便点出了"盛衰之理,虽曰天命,岂非人事哉"的主题,然后展开议论,说明后唐一开始如何兴盛,而后来又为什么衰败,最终得出了"忧劳可以兴国,逸豫可以亡身""祸患常积于忽微,而智勇多困于所溺"的著名论断。全篇夹叙夹议,层层递进,一气呵成,成为历来传诵的名篇。

(6) 跋

跋是写在书籍后面或书画上面的短文,用以评价作品的内容或说明与作品有关的情况。书籍后面的跋又称"书后""后序""后记"等。本来书籍只有序,一般写在正文前面;后来有些作者或其他人将自己的创作或阅读心得、见解、总结等附在书后,称为跋。跋与序的不同之处在于,跋是写在正文的后面,所以一般更为简洁明了,对序和正文稍作补充即可。

古代的跋一般分为两类。一类是学术性的,即对诗文、古籍、字画、金石等进行学术考证或评论。如宋代苏轼的《书摩诘蓝田烟雨图》,对王维(字摩诘)的诗与画做出了精辟的评价:"味摩诘之诗,诗中有画;观摩诘之画,画中有诗。"

另一类是记叙性的,其本身便是一篇可欣赏的文学作品。宋代陆游的《跋李庄简公家书》就是一篇优秀的记叙类跋文。这篇文章从四十年前的往事写起。当时南宋名臣李光(谥号"庄简")罢官居家,经常拜访陆游的父亲。两人常谈论时事,言辞激烈。有一天,李光对陆游的父亲说:"听说宰相赵鼎被秦桧陷害后,在贬谪途中曾悲愤落泪。我决不会这样子!如果贬谪的命令下来了,我换上平民的衣服就可以上路,哪能哭哭啼啼呢!"说这话时,他目光如炬,声若洪钟,给少年陆游留下了深刻的印象。四十年后,陆游偶然读到了李光被贬到海南后写给家人的书信。从这些书信中可以看出,李光被贬后豪气不减当年,这让陆游想起了李光对父亲说过的话。于是他有感而发,在李光的家书后写下了这篇跋。这篇跋虽然仅有百余字,但它选取了最能表现李光性格的情节,通过描写其言语和神态,将其英伟刚毅的形象刻画得淋漓尽致,字里行间也流露出对这位前辈由衷的敬佩之情。

5. 赋

赋是介于诗、文之间的一种文体。它基本上押韵,并讲究辞藻和修饰;每句的字数虽无严格规定,但一般句式比较整齐。这些特征与诗接近。但它在韵文中又杂有散文,甚至有议论性的片段;不能入乐歌唱。这些特征又接近文。古人一般把它归入文的范畴,也有人把它视为与诗、文并列的一种文体。在我国历史上,汉魏六朝是赋发展的黄金时期。

(1) 汉赋

赋最迟起源于战国时期。屈原、宋玉是赋家之祖,《楚辞》对后世赋的形式特点及创作手法有很大的影响。荀子《赋篇》最早以赋名篇,其设为问答、

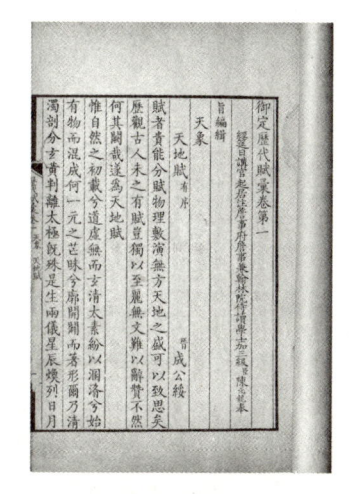

《历代赋汇》

铺陈描绘的形式特征，对汉赋也有一定的影响。

经过长期发展，赋在汉代盛行起来，成为汉代文学的代表。

西汉初期，出现了一些上承屈、宋的骚体赋。由于刚经历了秦朝暴虐的统治，百废待兴，这些作品中还有表现社会疾苦或抒发个人情怀之作。比如贾谊的《吊屈原赋》和《鹏鸟赋》。

经过休养生息，汉朝国力日益强盛，封建的皇权也极为稳固，于是逐渐形成了歌功颂德、沉迷声色的奢靡之风。辞赋作家竞相将才华献于此，使汉赋突破了《楚辞》形式的束缚，自成一体，真正达到了鼎盛时期。这时的赋作，在内容上的特点是"润色鸿业""劝百讽一"。所谓"润色鸿业"，是指这些赋作多描写华美雄伟的宫殿园林、宏大壮观的狩猎场面、奢侈靡丽的歌舞宴饮等，以此来赞美帝王的功绩，展现盛世的风采；所谓"劝百讽一"，是指这些赋作以绝大部分篇幅歌功颂德，而只在结尾处对统治者的侈靡作风稍作讽谏，其讽谏的言辞远远比不上劝诱奢靡的言辞。在形式上，这些赋作多采用主客问答的结构，篇幅较长，体制宏大，韵散结合，辞藻华丽，多用生僻字，喜用铺叙、渲染、排比、夸张等手法。后人将这类赋称为"大赋"。大赋是汉代最具特色和代表性的文学形式，我们常说"赋盛于汉"，其实主要说的就是大赋；至于抒情小赋，要到魏晋南北朝才盛行。大赋定型于枚乘的《七发》，后在司马相如、扬雄、班固、张衡（合称"汉赋四大家"）等赋家的笔下发扬光大，代表作品有司马相如《子虚赋》《上林赋》，扬雄《长杨赋》《甘泉赋》《羽猎赋》，班固《两都赋》，张衡《二京赋》等。

西汉后期，朝廷的腐败奢靡终于显露出了弊端，外戚专权、吏治腐败使得朝廷成为一个空壳，苛捐杂税更使得民不聊生，社会矛盾尖锐。到了东汉后期，更是战乱频繁，天灾人祸不断，直至出现了三国鼎立的局面。在这样的时代背景下，文人不再只用赋来"润色鸿业"，他们将忧愁无奈的情绪或避世隐居的思想注入到作品中，这就形成了与大赋面貌完全不同的抒情小赋。抒情小赋在形式上脱离了汉大赋固有的模式与虚浮的说辞，语言自然清新，结构短小灵活；在内容上主要表现自己真实的情感和思想。东汉张衡的《归田赋》是现存第一篇完整的抒情小赋，为赋的创作打开了新局面，对后世影响深远。汉代抒情小赋的代表作还有东汉末年赵壹的《刺世疾邪赋》、王粲的《登楼赋》等。

汉赋中还有以叙述旅行经历或描写禽兽、草木、器物等为内容的。前者又称"纪行赋"，如刘歆《遂初赋》、班彪《北征赋》、班昭《东征赋》、蔡邕《述行赋》等；后者又称"咏物赋"，如王褒《洞箫赋》、马融《长笛赋》、祢衡《鹦鹉赋》等。

汉赋不仅仅在语言、修辞等方面丰富了古典文学，发展了中国文化，而且反映了当时的社会风貌，记录了历史，兼具文学价值与文献价值，对后世文学形式、观念的发展创新，对汉代历史的研究，都具有重要的意义。

（2）魏晋南北朝赋

到了魏晋南北朝，文人仍然热衷于作赋。当时的文坛，赋是主要的文学形式之一。这一时期的赋作，流传至今的就有一千一百多篇，大约是现存汉赋总数的五倍。

魏晋南北朝的作家还大大开拓了赋的题材。汉代作家普遍重政治功利，其赋作也多围绕盛世风采、政治理想与遭遇等内容来写，表现生活题材的作品较少。因此，汉代的京殿苑猎赋、抒情言志赋、纪行赋乃至咏物赋中托物言志的作品，都具有明显的政治色彩。魏晋南北朝作家则将男女爱情、妇女命运、节日风俗、自然风光、人生感悟等统统纳入赋中，使赋更贴近现实生活，更具个性。魏晋南北朝作家还将汉赋的一些传统题材发扬光大。比如咏物赋，在汉代作品既不多，整体水平也不高；魏晋南北朝作家大力创作咏物赋，使之成为当时赋的最大门类，在描写技巧、抒情性等方面也有了很大的提升。总之，在魏晋南北朝，赋的表现能力大大增强，题材范围空前扩大。

魏晋南北朝赋在艺术形式和创作手法上也更加丰富多样。一方面，这一时期作家对汉赋的繁富华丽基本持欣赏态度；另一方面，他们对汉赋存在的弊病进行了改造，使这一时期的赋作语言风格整体趋于浅易流畅，在描写手法上则改汉赋的铺张扬厉为细密真切。由于骈文的日益盛行，这一时期的赋还呈现出骈化的特点，如西晋潘岳《秋兴赋》，南朝鲍照《芜城赋》、谢惠连《雪赋》、谢庄《月赋》、江淹《别赋》等名作，归入骈文也未尝不可。另外，这一时期的赋作多使用情景交融、以景衬情的抒情手法，使作品的抒情性普遍增强。抒情小赋的创作逐渐进入繁荣期，取代大赋而成为了当时赋坛的主流。

魏晋南北朝是赋发展、变化至鼎盛的时期，也是赋由盛转衰的时期。三国魏至西晋的文坛，赋与诗基本并驾齐驱；东晋到南北朝，诗的发展渐渐占据上风，赋则从此走向衰落。

6. 戏　剧

我国戏剧的萌芽是非常早的，可追溯到远古时代那些再现生活、劳动场景的歌舞。然而，戏剧的开花、结果却比较晚，这是因为戏剧是一种综合性的艺术形式，它把不同的艺术融合于空间狭小、时间有限的舞台演出中，这必然要经历一个漫长的演变过程。

西周末年出现了表演滑稽动作的俳优，汉代出现了以竞技为主的角抵戏，南北朝至唐代出现了两人合作表演滑稽故事的参军戏，这些古老的表演艺术，对后世戏剧的形成都有重要的影响。宋代是我国戏剧正式形成的时期。当时的戏，我们称为"宋杂剧"。与南宋对峙的金出现了金院本，但其实它只是宋杂剧的另一种称呼。同时，东南沿海一带出现了一种地方戏——温州杂剧，又叫"南戏"。另外，北宋中期还出现了一种讲唱艺术——诸宫调，这种艺术形式兴盛一时，对南戏和杂剧都产生过重要影响。到了元代，温州杂剧继续流行于南方，人们一般称它为"宋元南戏"；金院本则逐渐演变成为元杂剧，在北方盛行。宋元南戏和元杂剧的出现，标志着我国的戏曲艺术进入发展的成熟期。明清两代，杂剧衰落，由宋元南戏直接发展而来的传奇成为这一时期戏剧的主要形式。传奇是明清两代最丰硕的艺术成果之一，在数量上远远超过了元杂剧，并涌现出一批名家名作。

宋元之际，随着戏剧角色的逐渐增多和戏剧情节的日益复杂，帮助演员记录台词、动作、表情的剧本应运而生。这些为表演而创作的剧本，可以看作是由套曲杂以宾白（对白）和科介（表演），以叙述完整故事的一种文学形式，即戏剧文学。我国现存最早的剧本是元代刊刻的杂剧剧本，这说明我国古代的戏剧文学最迟始于元代。

我国现存的古代剧本（包括南戏、杂剧和传奇等）达一千六百种以上，是一个蕴藏丰富的文学宝库。其中，元杂剧的代表作有关汉卿《窦娥冤》、白朴《梧桐雨》、王实甫《西厢记》、马致远《汉宫秋》、郑光祖《倩女离魂》、纪君祥《赵氏孤儿》等，宋元南戏的代表作有高明《琵琶记》，明清传奇的代表作有李开先《宝剑记》、汤显祖《牡丹亭》、李渔《风筝误》、洪昇《长生殿》、孔尚任《桃花扇》等。这些作品题材有悲有喜，有歌颂爱情的，有反映现实的，有演绎历史的。它们或以扣人心弦的戏剧冲突取胜，或以紧凑精巧的故事结构取胜，或以鲜明生动的人物塑造取胜，或以细致入微的心理刻画取胜，或以反映现实的深刻取胜，或以浪漫离奇的想象取胜。它们的唱词和散曲一样，有本色派和文采派之分。本色派唱词贴近生活，浅白真切，酣畅淋漓，文采派唱词语言精致，音律和谐，美不胜收，可谓各有千秋。如《西厢记·长亭送别》《牡丹亭·惊梦》中那些脍炙人口的唱词，艺术水平不在唐诗、宋词名篇之下。

7. 小　说

小说是我国古代文学中一种非常重要的体裁。总体来看，我国古代小说数量浩繁，门类众多，题材广泛，技巧丰富，风格多样。

从语言形式上来说，古代小说可分为文言小说与白话小说两种。文言小说产生时代较早，内容多记叙奇闻异事，如魏晋南北朝的志怪小说、志人小说，唐代传奇，清代的文言短篇小说等。白话小说出现较晚，题材极为广泛，在我国古代小说中占主导地位，宋元话本、明代拟话本、明清长篇章回小说均属此类。

从题材内容上来说，古代小说大体可分为历史小说、神怪小说、世情小说、侠义公案小说四大类。其中每大类又可细分为若干小类，如历史小说可分为历史演义、英雄传奇等，世情小说可分为讽刺小说、爱情小说等，神怪小说可分为佛教神怪小说、道教神怪小说等，侠义公案小说可分为武侠小说、公案小说等。

我国古代小说从酝酿到成熟，经历了漫长的发展过程。

先秦至汉代的神话传说、寓言故事、史书杂记等，对小说的形成有重要的影响。古代神话、寓言散见于《山海经》《穆天子传》《楚辞》《孟子》《庄子》《列子》《韩非子》《吕氏春秋》《淮南子》等文献中，是早期的叙事文学，其丰富多彩的故事素材、瑰丽奇幻的想象、积极浪漫的创作方法，都为后世小说的孕育和产生准备了条件；《左传》《战国策》《史记》等史书中叙事、写人的手法，也为后世小说提供了借鉴；汉代《燕丹子》《吴越春秋》《越绝书》等野史杂记与小说更为接近，对魏晋南北朝志怪、志人小说有直接的影响。

魏晋南北朝出现了大量志怪小说和志人小说。志怪小说主要是搜集神话故事和民间传说而成，也有个别篇章通过鬼神故事反映了人民的愿望，有一定的思想价值。现存最著名的作品是东晋干宝的《搜神记》。志人小说内容主要是记载当时名士的言谈举止、奇闻逸事，最著名的作品是南朝宋刘义庆的《世说新语》。志怪、志人小说是我国古代小说的雏形，标志着古代小说进入了独立发展的阶段。

我国古代小说的成熟，是以唐代传奇（不同于明清的戏剧传奇）的出现为标志的。从这时起，作家开始自觉地根据现实生活，加以想象虚构，创作首尾完整的小说。相较于之前的志怪、志人小说，唐代传奇更贴近现实生活，题材更广泛，故事更完整，艺术水平也更高。代表作有沈既济《枕中记》、李公佐《南柯太守梦》、李朝成《柳毅传》、白行简《李娃传》、元稹《莺莺传》、蒋防《霍小玉传》、陈鸿《长恨歌传》、杜光庭《虬髯客传》等。

宋元两代，一种被称为"话本"的白话小说取代了传奇，成为当时小说的主要形式。它实际上是当时的说话艺人说唱故事所用的底本，有长篇和短篇两类。长篇话本以讲史、说经为主要内容，整体来说艺术水平不高,但其中的一些话本,如《三国志平话》《大宋宣和遗事》《大唐三藏取经诗话》等,为后来的《三国演义》《水浒传》《西游记》等长篇章回小说的出现提供了形式和内容上的借鉴,在小说发展史上具有重要意义。短篇话本又叫"小说话本",其内容一般取材于现实生活,主人公多是市民阶层。其中的代表作品如《碾玉观音》《错斩崔宁》等,是兼具思想性与艺术性的优秀白话短篇小说。宋元话本的出现是我国古代小说史上的重要转折,有承前启后、继往开来之功。

明清两代,我国古代小说的发展进入繁盛期,其中以白话长篇章回体小说取得的成就最令人瞩目。这种小说在形式上的主要特点,一是分章标回,每回叙述一两个中心事件,标以对仗的回目;二是韵散结合,以浅近的文言文或当时的白话来叙事,在叙述中夹带描写性、抒情性或议论性的韵文(诗、词、曲、赋等)。元末明初的《三国演义》是我国章回小说的开山之作,也是我国古代成就最高的历史演义。此后各种题材的章回小说层出不穷,如古代最著名的英雄传奇《水浒传》、最杰出的神魔小说《西游记》、最伟大的世情小说《红楼梦》、最优秀的讽刺小说《儒林外史》等。这些传世名著,共同将我国古代长篇小说的创作推上了顶峰。

我国古典长篇小说四大名著

明清两代的短篇小说也取得了很高的成就。我国最早的白话短篇小说是宋元话本中的小说话本,明代文人模拟宋元话本而创作的小说则叫作"拟话本"。后来又有人搜集、整理话本和拟话本,加以个人创作的作品,做成了白话短篇小说的集子,其中最著名的就是冯梦龙的《喻世明言》《警世通言》《醒世恒言》(合称"三言")和凌濛初的《初刻拍案惊奇》《二刻拍案惊奇》(合称"二拍")。明代白话短篇小说发展很快,清代则在文言短篇小说方面取得了辉煌的成绩。清代文言短篇小说传世者有五百余种,其中最著名的是蒲松龄《聊斋志异》和纪昀《阅微草堂笔记》。特别是《聊斋志异》,在艺术手法、语言美感、反映现实的深度和广度、故事情节的曲折性和完整性、人物形象的塑造等方面都取得了卓越的成就,登上了古代文言短篇小说的高峰。

我国古代小说中的优秀作品,能够将历史盛衰或社会人生融于作品中,人物形象鲜明生动,故事情节引人入胜,思想精深,文采斐然,给人以愉快的艺术享受、深刻的人生启迪和强烈的心灵震撼。这些作品无疑是中国文学乃至世界文学的宝贵遗产。

二 流芳千古的文学大家

1. 屈 原

屈原(约前340—约前278),战国时期楚国人,芈(mǐ)姓,屈氏,名平,字原(又自云名正则,字灵均)。他是我国历史上第一位伟大的诗人,在文学史上享有崇高的地位。他的出现标志着中国诗歌由集体创作进入个人创作的新时期;由他开创的楚辞,与《诗经》共同构成中国诗歌乃至整个中国文学的源头,对后世影响极为深远。

屈 原

屈原是与楚王同姓的贵族,他早年受楚怀王赏识,任左徒、三闾大夫,常与怀王商讨国家大事。他主张严明法度,选贤举能,修明政治,联齐抗秦。在屈原的努力下,楚国国力日渐强大。但由于其性格刚正不阿,不愿与佞臣同流合污,再加上楚怀王的宠妃郑袖、令尹子兰、上官大夫靳尚等人的恶意诬陷,屈原逐渐被楚怀王疏远。公元前305年,屈原反对楚怀王与秦国订立盟约,被楚怀王逐出郢都,开始了流放生活。后来楚怀王被秦国诱去囚禁起来,最终死在了秦国。楚顷襄王即位后,子兰唆使上官大夫继续诽谤屈原,顷襄王再次将屈原放逐。屈原辗转流离在沅、湘一带达九年之久。公元前278年,秦国大将白起带兵南下,攻破了楚国国都,屈原的政治理想破灭,在绝望和悲愤之下投汨罗江而死。现在农历五月初五的端午节,人们包粽子、赛龙舟，相传就是为了纪念这位伟大的爱国诗人。

屈原传世的作品有《离骚》、《九歌》（十一篇）、《九章》（九篇）、《天问》、《招魂》等。他的作品收录在西汉刘向编辑的《楚辞》中。《离骚》是我国古代文学史上最长的抒情诗，也是一篇光耀千古的浪漫主义杰作，最能代表屈原诗歌的成就。其特点是想象大胆奇特，比喻形象生动，内容上融入了丰富的神话传说和历史故事，结构紧凑，曲折跌宕，变化多端。他创造的骚体诗，对后世诗歌、辞赋的创作影响极大；而他的作品中所体现的浪漫主义色彩和爱国主义精神，对李白、杜甫等后世文人的影响也是显而易见的。

2. 司马相如

司马相如（约前179—前118），字长卿，蜀郡成都（今属四川）人。他是汉代大赋的代表作家。

司马相如少时好读书、击剑，景帝时为武骑常侍。后来他到梁国，结交了邹阳、枚乘等辞赋家，并创作了《子虚赋》。后又归蜀，结识商人卓王孙之女卓文君。卓文君为相如的才情所吸引，与他私奔到成都，以卖酒为生。司马相如与卓文君两人敢于冲破封建思想的束缚，追求属于自己的爱情，被后世所传颂。

后来，汉武帝读了司马相如的《子虚赋》，大为赞赏，就召见了他。随后他又为汉武帝作《上林赋》，汉武帝十分喜爱。后来他奉帝命出使西南，加强了朝廷同西南各少数民族的联系。这期间他创作了《喻巴蜀檄》《难蜀父老》等文章。

司马相如是汉赋的奠基人，也是汉赋四大家之一。同为汉赋四大家的扬雄赞叹说："长卿赋不似从人间来，其神化所至邪？"（《答桓谭书》）班固也称赞说："蔚为辞宗，赋颂之首。"（《汉书·叙传》）宋代林艾轩、明代王世贞等学者则称他为"赋之圣者""赋圣"。鲁迅在《汉文学史纲要》中评价说："武帝时文人，赋莫若司马相如，文莫若司马迁。"

司马相如传世的代表赋作有《子虚赋》《上林赋》《大人赋》

《哀秦二世赋》等；又有《长门赋》，相传是陈皇后被汉武帝冷落后请司马相如所作，今多认为是后人伪托司马相如之名而作。其中《子虚赋》《上林赋》最能代表相如赋之成就，它们确立了汉大赋"劝百讽一"的传统和铺张扬厉的体制，在赋史上有极重要的地位。

3. 陶渊明

陶渊明（365—427），一名潜，字元亮，浔阳柴桑（今江西九江）人，被后世称为"靖节先生"。他是东晋末至南朝宋初期的伟大诗人、辞赋家，今存诗歌一百二十余首、散文六篇、辞赋三篇。

陶渊明自幼学习儒家经典，颇有"佐君立业"的政治抱负。他曾做过祭酒、参军等官职，后来任彭泽县令时，因不堪官场黑暗，不愿"为五斗米向乡里小人折腰"，做官八十多天就弃官而去，归隐田园。他有喜爱山水、热爱自然之心，归隐之后创作了许多反映田园生活的诗文，如《归园田居》五首、《饮酒》二十首等。此后，他一面参加农业劳动，"种豆南山下"，一面读书，写文章。后来，农田接连受灾，房屋被烧毁，生活越来越拮据，他却始终不愿再做官，甚至连江州刺史送来的米肉也不接受。朝廷召他任著作郎，他也以病为由推辞。义熙十四年（418年），王弘为江州刺史，结交渊明。元嘉元年（424年），颜延之为始安太守，与渊明结为朋友。元嘉四年（427年），檀道济去看他，赠以粱肉，并劝他出仕。陶渊明拒绝了檀道济，也没有收取他赠送的东西。同年，陶渊明病逝于浔阳。

陶渊明是我国第一位田园诗人，他开创了田园诗一体，为古代诗歌的发展开辟了新的境界，被誉为"古今隐逸诗人之宗"（钟嵘《诗品》）。他的作品在内容上表现出对官场的厌倦，流露出洁身自好、不愿与世俗同流合污的志趣；在艺术上善于以白描及写意手法勾勒景物、

渲染环境，意境高远又富含理趣；语言平淡自然，又极为精练。梁实秋说得好："绚烂之极趋于平淡，但是那平不是平庸之平，那淡不是淡而无味之淡，那平淡乃是不露斧斫之痕的一种艺术韵味……"（《中国语文的三个阶段》）陶渊明的诗，就具有这种平淡的艺术韵味。

4. 谢灵运

谢灵运（385—433），祖籍陈郡阳夏（今河南太康），世居会稽（今浙江绍兴），东晋名将谢玄之孙。他是南朝宋时期的著名诗人，也是我国文学史上山水诗派的开创者。

谢灵运出生在当时最显赫的谢氏家族，他少时聪慧非凡，博览群书；十八岁袭封康乐公，故又被称为"谢康乐"。他才华出众，有济世报国之心，但在朝并不得志，宋文帝对他"唯以文义见接，每侍上宴，谈赏而已"（《宋书·谢灵运传》）。曾任永嘉太守、临川内史等职。他喜欢游山玩水、探奇览胜，制作出一种"上山则去前齿，下山去其后齿"的木鞋，后人称之为"谢公屐"。元嘉十年（433年）被宋文帝以莫须有的罪名杀害，终年四十九岁。

谢灵运的诗歌大部分描绘的是奇山异水，有许多佳句受到后人的赞赏。如"池塘生春草，园柳变鸣禽"（《登池上楼》），写出了春天的生机勃勃；"野旷沙岸净，天高秋月明"（《初去郡》），描绘出秋色的空明高远；"明月照积雪，朔风劲且哀"（《岁暮》），描摹冬天的烈风飞雪。

谢灵运大量创作山水诗，丰富和拓展了诗的境界，把山水的描写从玄言诗中解脱出来，扭转了诗风，确立了山水诗的地位。他的诗意境奇特，辞章华丽，对后世影响很大。

谢灵运

5. 贺知章

贺知章（659—约744），字季真，越州永兴（今浙江萧山）人。唐代著名诗人、书法家。

贺知章年少时就以文章知名，武则天证圣元年（695年）考中进士，授国子四门博士，后来工部尚书陆象先举荐其为太常博士。开元十年（722年），兵部尚书张说任丽正殿修书使，上书请皇上恩准，贺知章等人进入书院编写《六典》《文纂》等书籍。后任太常少卿。开元十三年（725年），升为礼部侍郎，加官集贤院学士，又任太子宾客，银青光禄大夫兼正授秘书监。年老弃官回乡，终年八十余岁。

贺知章性情旷达，风流倜傥，深受当时文人贤达的仰慕。他赏识李白的才华，与之成为忘年交。晚年不受礼法限制，自号"四明狂客"。因与张若虚、张旭、包融都是吴越之人，故并称"吴中四士"。贺知章写文章非常快，不用修改，一气呵成且可圈可点。他的书法造诣也很深，尤其擅长草隶。

贺知章今存诗二十余首，尤以绝句见长，一些写景、咏怀的作品风格清新自然，颇有韵味。如《回乡偶书》："少小离家老大回，乡音无改鬓毛衰。儿童相见不相识，笑问客从何处来。"内容朴实无华，极有生活情趣；语言不事雕琢，淳朴自然；抒发了久居在外，回乡后物是人非的感慨，细细品来，意味深长。再如《咏柳》中"不知细叶谁裁出，二月春风似剪刀"两句诗，把看不见、摸不着的春风写得具体可感，比喻新颖奇特，是千古传诵的名句。

6. 张若虚

张若虚，唐代诗人，生卒年不详，生于扬州（今属江苏），唐中宗神龙年间（705—707）与贺知章、张旭、包融并称为"吴中四士"。

张若虚的生平史载不详，诗作也被长期埋没，至今仅存《春江花月夜》《代答闺梦还》两首。当时文坛受六朝时期柔靡之风的影响，诗作大都带有宫体诗浓脂艳粉的气息。从张若虚仅存的两首诗来看，他的诗风既受宫体诗的影响（如《代答闺梦还》），又能突破宫体诗之束缚，创造出清丽明朗的意境，并融入对宇宙、人生的思考（如《春江花月夜》）。可以说，他的诗风上承齐梁，下开盛唐。特别是《春江花月夜》，一扫以往宫体诗所遗留的浮艳，成为传诵千古的名篇。闻一多在《宫体诗的自赎》一文中指出，张若虚与陈子昂"分工合作，清除了盛唐的路"，并评价道："张若虚的功绩是无从估计的。"张若虚的诗作应该还有很多，可惜大多失传。从唐代至元代，他的《春江花月夜》一诗几乎没有被人重视过。最早收录《春江花月夜》的，是宋代郭茂倩的《乐府诗集》。最早提到张若虚及其诗的诗话，是明代胡应麟的《诗薮》。到了清代，有关唐诗的重要著作，大都收录了张若虚的《春江花月夜》，有的还对此诗给予了很高的评论。也就是说，直至千年之后，他的诗作才被重视，《春江花月夜》才得以广泛流传。

7. 陈子昂

陈子昂（661—702），字伯玉，梓州射洪（今四川射洪）人，初唐诗文革新的代表人物，曾任右拾遗，所以后世也称他"陈拾遗"。

陈子昂年轻时家境比较富裕，他为人慷慨豪爽，仗义轻财。成年以后，陈子昂努力读书，关心国计民生，希望能在政治上有所作为。唐睿宗文明元年（684年），二十四岁的陈子昂考中进士，被武则天赏识，做了麟台正字，后擢升为右拾遗。他多次直言进谏，却不被朝廷采纳，反而被降职。这期间，他写下了许多反映边境劳动人民疾苦的诗篇，也在诗中表达了报国无门的愤慨。三十八岁时，陈子昂辞官回到家乡，后来遭到县令段简的迫害，冤死在狱

中，年仅四十二岁。

在诗歌创作上，陈子昂针对初唐柔靡颓废的诗风，主张恢复汉魏风骨。《感遇》三十八首正是体现这种改革精神的作品。这些诗有的讥讽现实、感慨时事；有的慨叹身世、抒写理想；有的是现实性很强的边塞诗，赞扬爱国精神，同情劳动人民。他的诗风格质朴明朗，格调豪壮激越，既有现实主义的内容，又有浪漫主义的抒情，一扫当时文坛萎靡不振的纤弱之气，开创了唐诗针砭时弊、感怀身世、抒发抱负、征战边塞的新境界，为初唐诗风的转变做出了重大贡献，对张九龄、李白、杜甫、韩愈等都有重大影响。

《登幽州台歌》是陈子昂的代表作。在诗中，他将生不逢时、理想无法实现的痛苦和悲哀抒写得淋漓尽致。他的处境无法改变，苦闷无处诉说，让这首诗的情绪显得相当孤寂，也让他在当时乃至后世得到无数读者的同情和敬仰。同时期的诗人卢藏用说这首诗"时人莫不知也"（《陈氏别传》），可见其当时的影响。

8. 孟浩然

孟浩然（689—740），唐代著名的山水田园派诗人，襄阳（今湖北襄阳）人，世称"孟襄阳"。

孟浩然生于盛唐时期，早年就有济世之心。二十五至三十五岁，他在长江流域漫游，以诗会友，广泛结交名流，以期有踏入仕途之机。开元十五年（727年），孟浩然第一次赶赴长安参加科举考试，不中；他仍留在长安，希望能凭借赋诗得到赏识。在仕途困顿、痛苦失望后，他曾隐居鹿门山。开元二十五年（737年），张九龄任荆州长史，将其招致幕府，但不久后他就返回故居。

他的诗题材较单一，多写隐居、山水田园等闲情逸致和羁旅情思；形式上以五言短篇居多。他与王维齐名，并称"王孟"。其诗虽不如王维的诗题材广阔、意境深远，但在艺术上也有独到之处。如《秋登万山寄张五》《夜归鹿门歌》《夏日南亭怀辛大》《宿建德江》《过故人庄》《春晓》等篇，清淡自然，不事雕饰。他善于发掘自然和生活之美，写出自己真切的情感。如《过故人庄》："故人具鸡黍，邀我至田家。绿树村边合，青山郭外斜。开轩面场圃，把酒话桑麻。待到重阳日，还来就菊花。"

孟浩然是唐代第一位大量创作山水田园诗的诗人。其诗更多地抒发个人情怀，摆脱了应制咏物的狭隘境界，给开元诗坛注入了新的活力，并博得世人的倾慕。

9. 王昌龄

王昌龄（约698—757），字少伯，长安（今陕西西安）人，盛唐时期的著名诗人，尤擅七绝，被誉为"七绝圣手"。

王昌龄早年家境贫寒，以耕种为生，年近四十才中进士。他初任秘书省校书郎一职，后贬为龙标尉，被后世称为"王龙标"。开元二十二年（734年），王昌龄进博学宏词科，改任汜水县尉，后因事被贬至岭南。

开元二十八年（740年），王昌龄北归，游襄阳。此后，他结识了孟浩然、李白、岑参、高适、王维、王之涣等著名诗人。丰富的经历及广泛的交友，对他的创作有积极的影响。他写出了大量的传世之作，名噪一时，被誉为"诗家夫子"。

王昌龄今存诗一百七十余首，以三类题材居多，即边塞、闺情宫怨和送别，其中尤以边塞诗最出名。他常用乐府旧题来抒写战士建功立业和思念家乡的心情，蕴含了诗人对劳苦大众的深切关怀，体现了诗人博大的胸襟；他善于捕捉典型的景物，以景喻情，情景交融；他的边塞诗格调高昂，气势雄浑，充满了奋发向上的精神，深受后人喜爱和推崇。他多用七绝来写边塞题材，这与岑参、高适多用古体不同。其边塞诗的代表作有《出塞二首·其一》（被推为唐人七绝的压卷之作）、《从军行七首·其四》等。另外，闺情宫怨题材的《闺怨》《长信秋词五首·其三》，送别题材的《芙蓉楼送辛渐》等，也是千古传诵的名篇。

10. 王 维

王维（701—761），字摩诘，祖籍太原祁县（今山西祁县），其父迁居河东蒲州（今山西永济），遂为河东人。他是唐代著名的诗人、画家，今存诗四百余首。

开元九年（721年），王维中进士，任太乐丞，因伶人舞黄狮子受累，被贬为济州司仓参军。开元二十三年（735年），擢为右拾遗，次年迁监察御史，后奉命出塞，为凉州河西节度幕判官。此后，王维处于半官半隐居的状态。安史之乱中，王维被贼军捕获，被迫当了伪官，战乱平息后下狱。因被叛军所俘时曾作《凝碧池》，抒发亡国之痛和思念天子之情，又因其弟王缙平叛有功，恳请将其官职等换其兄性命，王维才得免于难，仅受贬官处分。终至尚书右丞之职，世称"王右丞"。

王维少有大志，期望能有所成就，但后来政局腐败动荡，他意志逐渐消沉，四十多岁时隐居终南山，过上了半官半隐的生活。这一时期的隐居生活在《辋川闲居赠裴秀才迪》诗中有所体现："寒山转苍翠，秋水日潺湲。倚杖柴门外，临风听暮蝉。渡头余落日，墟里上孤烟。复值接舆醉，狂歌五柳前。"诗中写景自然清新，不刻意铺陈而自现淡远之境，大有陶渊明田园诗之遗风。

王维通晓音乐、书画、佛学，善以乐理、画理、禅理融于诗歌创作之中，创造出一种诗、画、禅交融的意境，被世人所称赞。苏轼曾评价："味摩诘之诗，诗中有画；观摩诘之画，画中有诗。"（《书摩诘蓝田烟雨图》）

王维在诗歌上的成就是多方面的，无论是边塞诗还是山水诗，无论是古体诗还是近体诗，都有许多脍炙人口的佳作。代表作有《送元二使安西》《使至塞上》《山居秋暝》《鸟鸣涧》《鹿柴》《竹里馆》《九月九日忆山东兄弟》《观猎》《老将行》《桃源行》等。

11. "诗仙"李白

李白（701—762），字太白，号青莲居士，唐代伟大的浪漫主义诗人，有"谪仙人""诗仙"之美誉，与杜甫并称"李杜"。李白祖籍陇西成纪（今甘肃静宁西南），隋末其先人流寓碎叶（今吉尔吉斯斯坦北部托克马克附近），幼时随父迁居绵州昌隆（今四川江油）青莲乡。他早年聪慧，十五岁已赋诗多首，又好剑术，喜任侠。二十四岁出蜀，"仗剑去国，辞亲远游"（《上安州裴长史书》）。三十岁前往长安，曾谒见多位王公大臣，均无所获。天宝初供奉翰林，因遭权贵谗毁，仅一年余即离开长安。安史之乱中，他曾为永王璘幕僚。因璘兵败于丹阳，李白受到牵连，被捕入浔阳狱中，终被判罪流放夜郎，中途遇到大赦，获得自由。他晚年投奔族叔当涂县令李阳冰，后死于当涂，终年六十二岁。

李白的歌行、乐府及绝句成就最高。他的歌行体完全打破了以往诗歌的固有形式，达到了随性而为、变化多端、摇曳多姿的神奇境界。他的乐府诗借古题写现实，具有鲜明的时代精神，在体制和格调方面有着突出的个性。他的绝句潇洒飘逸、自然明快，以简洁的语言表达出无尽的情感，令人回味无穷。

李白的诗从古代神话和民歌中汲取营养，运用比喻、拟人、想象、夸张等手法，整体风格飘逸清新、豪迈奔放、想象奇特，富有浪漫主义精神，具有"惊风雨，泣鬼神"的艺术魅力；善于表现主观感受，感情强烈，有排山倒海之势，达到了内容与形式的和谐统一。

李白古体诗的代表作有《蜀道难》《梦游天姥吟留别》《庐山谣寄卢侍御虚舟》《行路难》《将进酒》《宣州谢朓楼饯别校书叔云》《月下独酌》《长

李 白

干行》《子夜吴歌》等，近体诗代表作有《早发白帝城》《望庐山瀑布》《望天门山》《赠汪伦》《黄鹤楼送孟浩然之广陵》《峨眉山月歌》《送友人》等。他的诗歌达到了我国古代浪漫主义文学的顶峰，为唐诗的繁荣与发展开辟了新天地。中唐的孟郊、韩愈、李贺，宋代的苏轼、陆游、辛弃疾，明清的高启、杨慎、龚自珍等著名诗人，在诗歌创作上都受到李白诗歌的影响。

12. 高　适

高适（约700—765），字达夫，渤海蓨（今河北景县）人。他是唐代著名的边塞诗人，与岑参齐名，并称"高岑"，又与岑参、王之涣、王昌龄合称"边塞四诗人"。曾任散骑常侍，世称"高常侍"，有《高常侍集》传世。

高适二十岁时到过长安，游历过梁宋，后定居在宋城（今河南商丘）。二十八岁至三十五岁，他一直居于宋中，过着写诗、求仕的生活，其间到过魏郡、楚地等，又曾旅居东平等地。这一时期他写出了大量的著名诗歌。四十六岁时，高适中举做官，授封丘尉，后又任左拾遗、监察御史、彭州刺史、剑南节度使、刑部侍郎等职；五十三岁时曾为淮南节度使，讨伐永王璘；五十四岁时参与讨伐安禄山叛军，解救了睢阳；永泰元年（765年），高适病逝。

高适的诗歌题材广泛，其中以边塞诗、咏怀诗最为著名。他有很多边塞诗歌颂了边疆将士戍守边关、奋勇杀敌的豪情壮志，并流露出忧国忧民的情怀，最著名的是《塞下曲》《燕歌行》《塞上》；有的诗歌真实地反映了劳动人民的疾苦，揭露了社会的腐朽和黑暗；有的诗歌表达了自己壮志难酬、怀才不遇的愤懑之情。这些作品主题都比较深刻。

总的来看，高适的诗歌洋溢着积极乐观、奋发向上的精神；其语言干净明快、朴实自然，不加任何修饰；笔力豪健，具有"雄浑奔放"的艺术特点。

13. "诗圣"杜甫

杜甫（712—770），字子美，出生于河南巩县（今河南巩义）。自号少陵野老，人称"杜少陵""杜工部"等。他是唐代伟大的现实主义诗人，被称为"诗圣"；其诗歌由于反映了安史之乱的历史，被称为"诗史"。他与李白齐名，合称"李杜"；为了与晚唐诗人杜牧区别，他也被称为"老杜"。

杜甫的一生可以分为三个时期。

第一个时期是青年时期。这时的杜甫有政治理想与抱负，漫游吴越等地数载，看遍祖国河山，写下《望岳》等诗篇，并结识了高适、李白等诗人；后到长安参加科举考试，但榜上无名。他困守长安十年有余，后任右卫率府胄曹参军一职。

第二个时期是安史之乱爆发以后。这一时期诗人过着颠沛流离的生活。当时肃宗即位于灵武（今宁夏灵武），他前去投奔，途中不幸为叛军所俘，被押至长安。后来他冒险逃出长安，到凤翔（今陕西宝鸡）投奔肃宗，做了左拾遗，但很快因上书直谏被贬华州。这一时期他历尽艰险，并目睹国破家亡之惨象，写下了许多感时伤怀的现实主义诗篇。如《春望》《哀江头》《羌村》《北征》《洗兵马》和"三吏""三别"。

第三个时期是晚年在西南漂泊的时期。杜甫弃官，在四川、湖北、湖南一带漂泊十余年，其间曾在成都定居。这一时期，他漂泊无定，生活困窘。大历五年（770年），杜甫病死在由长沙到岳阳的一条小船上。和以往相比，他这时的诗歌抒情性更强，形式也更多样化，留下了《登高》《茅屋为秋风所破歌》《闻官军收河南河北》《登岳阳楼》《蜀相》

杜甫

《秋兴》等不朽的杰作。

　　杜甫留下来的一千四百多首诗，反映了唐朝由盛到衰的社会现实，记录了战乱中劳动人民悲惨的生活。这些诗歌，有"安得广厦千万间，大庇天下寒士俱欢颜"的济世情怀，有对统治者"朱门酒肉臭，路有冻死骨"的控诉，有"感时花溅泪，恨别鸟惊心"的忧国忧民之情怀。郭沫若称赞他："世上疮痍，诗中圣哲；民间疾苦，笔底波澜。"

　　杜甫的诗不仅在内容上具有深刻的思想性，而且在形式上达到了炉火纯青的境界，尤其是在律诗和古体诗的写作方面。其诗具有"沉郁顿挫"的艺术风格；善于用对话、独白的形式，描摹画面；语言精练，格律严谨。杜甫与李白是我国古代诗歌史上的两座高峰。韩愈说得好："李杜文章在，光焰万丈长。"

14. 岑　参

　　岑参（715—770），南阳（今河南南阳）人，唐代边塞诗人，与高适并称"高岑"。

　　岑参的曾祖、伯祖、伯父都以文墨见长，在朝廷为官。父岑植，曾任晋州刺史。岑参早年丧父，家境贫寒。他十分聪慧，又勤奋苦读，得以博览群书。二十岁时，他到长安求仕，不成功，奔走京洛一带。天宝三载（744年）考中进士，任右内率府兵曹参军。他心中怀有一腔报国的雄心壮志，曾经两次随军出塞，想在戎马生涯中实现自己的理想和抱负。他的大多数边塞诗就在此期间写成。然而他并未如愿，由于得罪权佞，被贬官职，之后又被罢官。他壮志未酬，郁郁不得志，大历五年（770年）死于成都。

　　岑参现存诗约三百六十首，有《岑嘉州集》流传于世。他的诗歌涉及题材广泛，其中以边塞诗数量最多，也最为著名。他的边塞诗主要内容是通过描写壮丽的大漠风光和丰富多彩的边塞生活，表达将士的爱国之志和不怕艰难的乐观主义精神；艺术上豪迈奔放，气势宏大，想象丰富，比喻夸张奇特，创意新鲜，形成了"雄奇瑰丽"的艺术特点。代表作是七言歌行体《白雪歌送武判官归京》。

15. 韩　愈

韩愈（768—824），字退之，河阳（今河南孟州）人，自称"郡望昌黎"，世称"韩昌黎""昌黎先生"。他是唐代杰出的文学家、思想家和政治家。

二十五岁时，韩愈考中进士，二十九岁步入仕途。他有积极的政治态度，也有不俗的政治功绩，但仕途屡受挫折。后因谏迎佛骨一事触怒唐宪宗，他被贬至潮州（今广东潮州）。晚年官至吏部侍郎，人称"韩吏部"。长庆四年（824年），韩愈病逝，谥号"文"，所以后人又称他"韩文公"。有《韩昌黎集》传世。

他是唐代古文运动的倡导者，被后人尊为"唐宋八大家"之首，有"文章巨公"和"百代文宗"之美名；杜牧将韩愈的散文与杜甫的诗歌并列，称为"杜诗韩笔"；苏轼则赞他"文起八代之衰"。他提出的"文道合一""气盛言宜""务去陈言""文从字顺"等散文的写作理论，很有指导意义。

韩愈在散文创作中自觉践行自己的理论。其文章内容丰富，形式多样。他的文章敢于直言，观点鲜明，说理透彻，逻辑性强，有内容，有深度，有力量。《论佛骨表》《御史台上论天旱人饥状》《论淮西事宜状》等奏疏，《师说》《原毁》《进学解》《送李愿归盘谷序》等杂文，都具有这样的特点。他的叙事文具有很高的文学性，如《张中丞传后叙》叙事绘声绘色，塑造了饱满的人物形象。他的抒情散文也很成功，《祭十二郎文》被明代茅坤誉为"祭文中千年绝调"。即使是"公式化"的碑志文，他也有《柳子厚墓志铭》这样的名篇传世。韩愈的散文整体风格雄奇奔放、富于变化而又明快流畅。他在语言的运用上极具创造性，其散文词汇丰

韩　愈

富，语言准确而生动，句式灵活多变。他散文里的许多词汇，现已成为人们常说的成语，比如细大不捐、动辄得咎、俯首帖耳、摇尾乞怜、不平则鸣、杂乱无章、落井下石、佶屈聱牙等。

韩愈还是中唐诗坛上成就较高、影响较大的诗人。他把古文的语言、章法、技巧引入诗中，增强了诗的表达能力，扩大了诗的表现领域。他的诗力求新奇，重气势，有独创之功，纠正了大历以来的平庸诗风。代表作有《八月十五夜赠张功曹》《山石》《左迁至蓝关示侄孙湘》《早春呈水部张十八员外》等。

16. 刘禹锡

刘禹锡（772—842），字梦得，洛阳（今河南洛阳）人，唐代著名文学家、哲学家，有"诗豪"之称。

刘禹锡青少年时期学习勤奋，研习儒家经典，并在名师的指点下学习作诗。贞元九年（793年），他通过科举考试博得功名。曾任监察御史，结交了柳宗元和韩愈。后与柳宗元一同参加了王叔文的政治改革，改革失败后，王叔文被赐死，刘禹锡则被贬朗州司马等官职，在外地二十多年。晚年迁太子宾客。会昌二年（842年）病逝于洛阳，终年七十一岁。

刘禹锡的仕途大部分是在贬谪中度过的，而在贬谪期间他写了不少传世之作，如《再游玄都观绝句》《秋词》《竹枝词》《杨柳枝词》《西塞山怀古》等。尤其是他的七言律诗《酬乐天扬州初逢席上见赠》："巴山楚水凄凉地，二十三年弃置身。怀旧空吟闻笛赋，到乡翻似烂柯人。沉舟侧畔千帆过，病树前头万木春。今日听君歌一曲，暂凭杯酒长精神。"二十三年的贬官生活并没有消磨掉刘禹锡的斗志，反而练就了他豁达的心胸和积极向上的乐观精神。他在诗中表达了相信一切困难都会过去的信心和新事物必将取代旧事物的哲理，读来让人振奋。他的《秋词》一诗，感情更为明朗："自古逢秋悲寂寥，我言秋日胜春朝。晴空一鹤排云上，便引诗情到碧霄。"这首诗一改以往文人对秋天萧条、凄凉景象的描绘，直接赞美了秋天的美好，充满昂扬向上的乐观主义精神。一个半生被贬谪的诗人，能有这样豁达的心胸，实在让人敬佩！

刘禹锡的诗歌，常常表现出一种积极乐观、奋发向上的精神，给人启示和力量。其语言质朴清新，简洁明朗，散发着浓郁的生活气息。

17. 白居易

白居易（772—846），字乐天，号香山居士，祖籍太原（今山西太原），唐代著名的现实主义诗人。有《白氏长庆集》传世。

白居易生于一个中小官宦之家，从小聪慧好学。他通过科举考试入仕，曾任翰林学士、左拾遗等职，后被贬为江州（今江西九江）司马，此间写下了著名的诗篇《琵琶行》。后来又先后为杭州、苏州刺史。在任杭州刺史时，他修筑杭州堤防（西湖白堤就是他修建的），疏通河道，有非凡的政绩，深受百姓爱戴；任苏州刺史时，他开凿了一条西起虎丘，东至阊门的山塘河，极大地发展了苏州的水路交通。之后，他又任长安秘书监、太子宾客、河南尹、刑部尚书等职。晚年笃信佛教，七十五岁于洛阳去世。

白居易的诗歌现存三千余首，是唐代诗人中创作最多的一位。总的来说，他的诗题材丰富，形式多变，语言朴素、通俗，具有强烈的现实性。白居易曾将自己五十一岁前写的一千三百多首诗分为讽喻、闲适、感伤、杂律四大类，其中讽喻诗最有价值。如《新乐府》五十首、《秦中吟》十首，都是诗人有组织、有计划地反映现实的杰作。诗人以锐利的眼光看透了社会的黑暗与腐朽，揭露了统治者的荒淫无耻，反映了劳动人民的疾苦，表达了对劳动人民的深切同情。《新乐府》五十首中的《上阳白发人》《红线毯》《杜陵叟》《卖炭翁》，《秦中吟》十首中

白居易

的《买花》《轻肥》，以及《观刈麦》等诗篇，都是广为传诵的现实主义诗歌名篇。最能代表白居易艺术成就的诗篇，则是长篇叙事诗《琵琶行》和《长恨歌》。《琵琶行》音韵和谐，感情真挚，写出了琵琶女的命运，反映了社会的冷酷无情，唱出了"同是天涯沦落人，相逢何必曾相识"的感慨，催人泪下。《长恨歌》根据唐玄宗与杨贵妃的故事改编，诗歌语言凝练，形象鲜明，凄美婉转，跌宕起伏，有对"汉皇重色思倾国"的讽刺，也有对"此恨绵绵无绝期"的同情和感慨。

18. 李　贺

李贺（790—816），字长吉，河南昌谷（今河南宜阳）人，后人称"李昌谷"。他是中唐颇具盛名的浪漫主义诗人，有《昌谷集》传世。

李贺小时候家道败落，生活不富裕。他身体不好，形体瘦弱，但才思敏捷，七岁能作诗，瞬间即成。他学习勤奋，受到韩愈、皇甫湜等人的青睐。韩愈鼓励李贺应试。但因李贺父亲名"晋肃"，"晋"与"进"犯"嫌名"，所以李贺无法参加进士考试。此事对他打击很大，他为此写过不少愤世嫉俗的诗。在韩愈的推荐下，李贺做了九品小官奉礼郎，这时期写了六十多首诗歌，奠定了他在文学史上的地位。他做了三年奉礼郎就辞官回家，在潞州张彻的推荐下，又做了三年的幕僚。因为体弱多病，又郁郁不得志，李贺在二十七岁时就病逝了。

李贺是继屈原、李白之后，我国文学史上又一位才华横溢的浪漫主义诗人，也是中唐到晚唐文风转变期最有成就的诗人之一。《楚辞》、古乐府、齐梁宫体诗及李杜、韩愈的诗对其影响很大。

因一生经历坎坷，他所写的诗内容很多是感慨生不逢时的苦闷之情，对当时黑暗的社会有清醒的认识，对藩镇割据、宦官当道的现象做了有力的抨击，对劳动人民的苦难生活寄予了极大同情。

李贺的诗具有丰富的想象力，经常运用神话故事托物言志，在鬼魅世界里纵观古今、嘲讽世事，因此后人常称他为"诗鬼"。其诗歌语言精练，瑰丽峭拔，有许多名言警句流传下来。代表作有《雁门太守行》《李凭箜篌引》《马诗》《致酒行》《金铜仙人辞汉歌》《梦天》等。后世的杜牧、李商隐、温庭筠、周邦彦、文天祥、汤显祖、曹雪芹等文学家的作品，都受到李贺诗歌的影响。

19. 杜　牧

杜牧（803—853），字牧之，号樊川居士，京兆万年（今陕西西安）人，晚唐杰出的诗人、散文家。因晚年居住在长安南樊川别墅，所以后人称"杜樊川"，有《樊川文集》传世。为了和杜甫区别，人称"小杜"。因在家族中排行十三，也被称为"杜十三"。

杜牧才华横溢，二十岁时博通经史，关注军事，写过十三篇《孙子兵法》注解；二十三岁写出《阿房宫赋》；二十五岁时，杜牧写了长篇五言古诗《感怀诗》，名声大作；二十六岁中进士，授弘文馆校书郎，后历任监察御史、宣州团练判官、膳部员外郎、比部员外郎、司勋员外郎、杭州刺史、湖州刺史等职。

杜牧是晚唐杰出的诗人，在古诗、绝句、律诗的创作上均卓有成就。其古诗受杜甫、韩愈的影响较大，题材丰富，笔力俊俏，清新婉转，别有意韵。代表作《感怀诗》《杜秋娘诗》《李甘诗》《雪中书怀》《洛中送冀处士东游》《题池州弄水亭》等，均是叙事、抒情、议论于一体，风格淳厚古朴，豪放明朗。其绝句《山行》《秋夕》《赤壁》《清明》《泊秦淮》《江南春》等，或写景，或吊古，或感怀，构思新颖，意境优美，韵味隽永。七律《早雁》使用比兴的手法，对遭受回纥侵扰而家破人亡的北方边塞百姓寄予深切的同情；《九日齐山登高》则以豪放的笔调表达自己旷达的心胸，格调深沉。当代有学者将杜牧诗歌的艺术特点总结为"豪爽健朗的形象美""强烈、坦荡的诗情美""清新明洁的意境美"

杜　牧

（王西平、张田《杜牧诗歌艺术美浅析》）。

杜牧在文、赋创作方面也有很高的成就。尤其是他的《阿房宫赋》，骈散相间，错落有致，音律和谐；运用比喻、夸张的手法，铺陈渲染；总结秦朝灭亡的原因，委婉地劝谏唐朝统治者，要以史为鉴，不要重蹈覆辙。这实在是赋中之绝品。

20. 温庭筠

温庭筠（？—866），本名岐，字飞卿，太原祁（今山西祁县）人，晚唐时期著名的诗人、词人。

温庭筠才华横溢，应考时按官方规定之韵作赋，叉手八次即成八韵，所以有"温八叉"之称。但他写文章好讥讽权贵，多犯忌讳，所以屡次考进士均未中，一生郁郁不得志。

温庭筠的主要成就在作词方面。他留下六十多首词，是唐代写词最多、对后世影响也最大的作家。他的词风格艳丽、题材狭窄，多写闺情及个人际遇，直接影响了花间词派的形成，被称为"花间鼻祖"。他精通音律，又善于创造词的意境，因此他的词艺术成就较高，对推动词的发展贡献较大。小令《望江南》是他的代表作："梳洗罢，独倚望江楼。过尽千帆皆不是，斜晖脉脉水悠悠，肠断白蘋洲。"这首词感情真挚，画面立体，语言凝练，意境深远，成功地塑造了一个盼夫回家的思妇形象。寥寥二十七个字，表现出女子由希望到失望，最后绝望的内心变化过程，表达了女子的落寞和孤寂。人、景、情和谐地融为一体，言有尽而意无穷。

他的诗与李商隐齐名，人称"温李"，但无论是思想性还是艺术性，他的诗均不及李商隐。不过其中也有好的作品，比如《商山早行》。这首诗写游子的孤寂和思乡之情，情景交融，含蓄有致，是写羁旅之情的名篇，"鸡声茅店月，人迹板桥霜"成为千古名句。

21. 李商隐

李商隐（约813—约858），字义山，号玉溪生，又号樊南生，原籍

怀州河内（今河南沁阳）。祖辈迁荥阳（今河南郑州）。他是晚唐著名的诗人，与杜牧合称"小李杜"。有《李义山诗集》。

李商隐从小孤贫，曾替别人抄书以维持生计。他少有才华，十六岁写了《才论》《圣论》两篇文论，受到文人士大夫的赞赏。十九岁因文才受"牛党"太平军节度使令狐楚的赏识，任幕府巡官。二十五岁应试中选。二十六岁在泾源节度使王茂元手下任书记。王茂元很欣赏李商隐的才华，招他为女婿。王茂元和李德裕关系很好，是"李党"要员，李商隐因此受到"牛党"的排挤。从此，他仕途受阻，在各藩镇辗转当幕僚。晚年妻子王氏去世，对其打击很大，加上仕途升迁无望，他便罢职回到故乡生活，直至病逝。

李商隐的诗受杜甫、李贺、韩愈等人的影响较大，具有很高的艺术成就。他最擅长写七律，其七律融合杜甫诗的锤炼严谨、宫体诗的浓艳色彩、李贺诗的幻想象征手法，形成了绮丽精工的独特艺术风格。七律代表作有《无题》（"相见时难别亦难"）、《无题》（"昨夜星辰昨夜风"）、《安定城楼》、《锦瑟》等。他的一些绝句，如《夜雨寄北》《登乐游原》《贾生》等，也是广为传诵的名篇。

22. 柳　永

柳永（约987—约1053），原名三变，字耆卿，崇安（今福建武夷山）人。北宋词人，婉约派代表人物。

柳永出身官宦之家，祖父柳崇、父亲柳宜都曾在朝为官。他聪慧异常，很小就能写诗文，如《劝学文》《题中峰寺》等。但他几次参加科举考试，均榜上无名，直至暮年进士及第，做了睦州团练推官，后任余杭县令。又先后调任泗州判官、著作佐郎、西京灵台山令、太常博士等职。皇祐五年（1053年）在润州逝世。

柳永科举不顺，便醉心于市井生活，寄情于山水风月。他擅长词曲，是宋代第一位专力写词的作家。

柳永对推动词的发展起了重要的作用。他的词更多地从市井生活和个人感受中摄取题材，大大开拓了词的题材广度。如《望海潮·东南形胜》描写杭州都市的繁华和百姓的富足生活，《八声甘州·对潇潇暮雨洒江天》抒写漂泊江湖的愁苦，《雨霖铃·寒蝉凄切》写离情别绪，这些作品在题材的多样、感情的真挚、境界的高远等方面，都超越了前人。

柳永还创作或改造了许多新调。他现存二百余首词，用了一百三十余种调。他大量创制慢词，提高了词的容量和表现力。在语言表达上，柳永词也有创新之处。他在词中加入了日常生活中的口语和俚语，变"雅"为"俗"，使人感到亲切自然、晓畅明白。

柳永是对宋词全面改革的词人，苏轼、黄庭坚、秦观、周邦彦等著名词人在写作上都受到了他有益的影响。

23. 晏 殊

晏殊（991—1055），字同叔，临川（今江西临川）人。北宋著名文学家、政治家。

晏殊少年时以"神童"的身份被荐入朝，后来担任过许多要职，官至仁宗朝宰相。仁宗至和二年（1055年）病逝于京中，谥号元献，世称"晏元献"。

为官期间，晏殊非常注重培养人才，重视书院的发展，曾邀范仲淹到应天府书院讲学。任宰相时，他倡导州、县办学及改革教学内容，官学设置教授。从此以后，京师至郡县，都设有官学。这就是有名的"庆历兴学"。他主张加强军队建设，训练士兵以备战时之用；清理官中的财务，追回被强占的物资，充实了国库。他做官唯贤是举，范仲淹、孔道辅、王安石都曾是他的学生，还有许多文人名士都受过他的栽培。他时刻为国家着想，关心百姓疾苦，受到百官及百姓的爱戴。

晏殊是精通诗、词、文、书法的全才，在文学史上成就卓越，其中以词作影响最大，今存《珠玉词》一百三十余首。

晏殊的词吸收了"花间派"的词风，风格清丽典雅，音韵和谐，情调悠闲雅致，或抒发抱负，或咏怀伤春，在柔美的情感中融入了圆融豁达的心境，是婉约词的代表。代表作《浣溪沙》中的"无可奈何花落去，似曾相识燕归来"、《蝶恋花》中的"昨夜西风凋碧树。独上高楼，望尽天涯路"及《撼庭秋》中的"念兰堂红烛，心长焰短，向人垂泪"等，都是千古名句。

24. 苏　轼

苏轼（1037—1101），字子瞻，号东坡居士，眉州眉山（今四川眉山）人，北宋文学家、书画家。

宋仁宗嘉祐二年（1057年），苏轼进士及第。神宗时期，苏轼在凤翔、杭州、密州、徐州、湖州等地任职。他在任期间，政治清明，深受百姓爱戴。元丰二年（1079年），苏轼因"乌台诗案"被捕入狱，出狱后被贬到黄州任团练副使。哲宗即位后，苏轼升任翰林学士、侍读学士、礼部尚书等职，后因抨击旧党，又被外放杭州、颍州等地，晚年被贬到惠州、儋州。徽宗即位时大赦天下，苏轼被任为朝奉郎，可惜在北归途中病逝，终年六十四岁。

苏轼在仕途上起伏跌宕，经历了"三起三落"，但他始终保持豁达、乐观的心态，创作了许多"豪放派"的作品。

苏轼在诗、词、文、赋的创作方面都卓有成就，在书法和绘画上造

苏　轼

诣也很高，是我国文学艺术史上罕见的全才。就文学领域来说，苏轼今存诗约三千首、词三百余首，还有大量的文、赋传世，对诗、词和散文的发展均产生了重大的影响，代表了北宋文学的最高成就。代表作有诗歌《游金山寺》《有美堂暴雨》《题西林壁》《饮湖上初晴后雨》《惠崇春江晚景》《和子由渑池怀旧》，词作《念奴娇·赤壁怀古》《水调歌头·明月几时有》《江城子·密州出猎》，散文《石钟山记》《记承天寺夜游》，赋作《赤壁赋》等。苏轼的诗题材广泛，风格多样，语言清新畅达；其中数量最多、对后世影响最大的是抒发个人情感和歌咏自然景物的诗篇。他的词冲破了离愁别绪和男欢女爱的狭窄内容，扫荡了晚唐以来词坛的柔靡颓废之风气，开创了大气磅礴、旷达豪迈之风格，与辛弃疾并称"苏辛"；他也有一些婉约词，大都感情健康，格调高远。他的书札、杂说、杂记等散文作品清新自然，随意挥洒，收放自如；议论文纵横捭阖，文采飞扬，说理透彻，深入浅出。由于在散文创作方面的突出成就，他被列入"唐宋八大家"，又与欧阳修并称"欧苏"，是欧阳修之后北宋文坛的领袖。

25. 周邦彦

周邦彦（1056—1121），字美成，号清真居士，钱塘（今浙江杭州）人，北宋末期词人。有《清真集》传世。

少年时的周邦彦潦倒失意，但特别喜欢读书。宋神宗时，他写的一篇《汴都赋》受到赞赏，被提升为太学正，在太学任教。后历任庐州教授、溧水知县、徽猷阁待制等职。宋徽宗时提举大晟府（管理音乐的机构），负责谱制词曲，供奉朝廷。

周邦彦精通音律，创作了不少新的词调，如《拜新月慢》《荔枝香近》《玲珑四犯》等。现存词有二百余首，多写男女之情、羁旅之思，题材较窄，格调不高。但是他在作词的艺术创新上堪称一绝。他的词善于铺陈叙事，结构曲折跌宕；语言华美典雅，格律严谨。他继承并发展了柳永的慢词，在描写人物性格和心理上也有创新。如著名的《苏幕遮》:"燎沉香,消溽暑。鸟雀呼晴,侵晓窥檐语。叶上初阳干宿雨,水面清圆,一一风荷举。　故乡遥,何日去?家住吴门,久作长安旅。五月渔郎相忆否?小楫轻舟,梦入芙蓉浦。"这首词有清新隽永的格调和淡雅高远的意境,表达了词人的思乡之情,成为传世名篇。

周邦彦是婉约派的集大成者和格律派的开创者。他善于借物抒情,描绘具体细腻,又善于化用别人的诗句,语言精练工整。他把柳永的铺叙手法发扬光大,又继承了秦观词的柔美、婉约,形成了自己独特的精巧典雅之风格。他的词影响很大,有"词家之冠""词中老杜"之美誉。

26. 李清照

李清照(1084—约1151),号易安居士,齐州章丘(今山东济南)人。她是两宋之交的著名女词人,婉约词派的代表人物。现有《漱玉词》辑本,存词七十余首。

李清照生于书香世家,父亲李格非出身进士,官至礼部员外郎,饱读诗书。在家庭熏陶下,她诗词、散文、书法、绘画、音乐无不精通。十八岁嫁给太学生赵明诚。赵明诚是金石家,李清照婚后与丈夫共同致力于书画、金石的搜集整理,夫妻恩爱,家庭生活幸福美满。所以,早期她的诗词大多描写悠闲自在的生活,画面优美,格调清新,如《如梦令》:"常记溪亭日暮,沉醉不知归路。兴尽晚回舟,误入藕花深处。争渡,争渡,惊起一滩鸥鹭。"《一剪梅》:"红藕香残玉簟秋。轻解罗裳,独上兰舟。云中谁寄锦书来?雁字回时,月满西楼。　花自飘零水自流,一种相思,两处闲愁。此情无计可消除,才下眉头,却上心头。"金兵入侵中原后,李清照与丈夫流落南方,生活贫困。丈夫病逝后,

李清照

她更是无依无靠，与丈夫收集的金石书画也全部流失。她深受打击，痛苦不堪。这时，她写作的风格发生了很大的变化，感情基调凄婉沉郁，多慨叹命运多舛，抒写国破家亡之悲。这一时期的代表作有《声声慢·寻寻觅觅》《永遇乐·落日熔金》等。

  李清照的词在艺术上达到了炉火纯青的地步，在词坛中别树一帜，被称为"易安体"。词风通俗质朴、清新典雅；善于采用白描的手法，描写细腻；又常借景抒情，表达自己丰富的情感；用典自然，全无雕饰之痕迹；语言凝练而灵动，音律和谐而节奏感强，意境深邃高远，细细品来，韵味无穷。她虽然是婉约派词人，但作品中也不时流露出英雄气概和浪漫主义精神，如《渔家傲·天接云涛连晓雾》中"九万里风鹏正举，风休住，蓬舟吹取三山去"几句，再如诗歌《夏日绝句》："生当作人杰，死亦为鬼雄。至今思项羽，不肯过江东。"其豪迈奔放的风格，对辛弃疾、陆游等作家都有一定的影响。

27. 陆　游

  陆游（1125—1210），字务观，号放翁，越州山阴（今浙江绍兴）人，南宋诗人、词人。今存诗九千多首、词一百余首。他与王安石、苏轼、黄庭坚并称"宋代四大诗人"，又与杨万里、范成大、尤袤合称"南宋四大家"。作品集有《剑南诗稿》《渭南文集》等。

  陆游自幼勤奋好学，十二岁就能写文章。他生活的时代正是宋朝腐败不堪、金人屡次进犯之时，这使他从小就立下报国之志。

  绍兴二十三年（1153年），陆游考中进士，名列第一，但因多次考试均排在秦桧的孙子秦埙之前，竟被秦桧除名。秦桧死后，他才任职福州宁德县主簿，从此走上仕途。他先后在多地做官，关心百姓疾苦，受到百姓爱戴，但屡次被罢职。他曾身临前线，亲身体验战斗生活，这对他的

陆　游

诗歌创作影响很大。

大概六十六岁之后，陆游长期居住在山阴老家。这一时期他参加了一些农业劳动，与农民有一些往来。所以他晚年写了大量的反映农村生活和描写田园风光的诗。嘉定二年（1210年），八十五岁的陆游在家乡去世。

陆游在政治上一贯主张抗金和收复中原。他向往驰骋疆场、杀敌报国的生活，《十一月四日风雨大作》《示儿》《书愤》《关山月》《诉衷情》等诗词，慷慨激昂，雄浑悲壮，抒发了自己的豪情壮志，流露出真挚的爱国之情。他写农村与田园的诗词则清新自然、质朴悠闲，如《游山西村》："莫笑农家腊酒浑，丰年留客足鸡豚。山重水复疑无路，柳暗花明又一村。箫鼓追随春社近，衣冠简朴古风存。从今若许闲乘月，拄杖无时夜叩门。"他也有缠绵悱恻、凄婉悲凉的诗词作品，如《沈园二首》，再如《钗头凤》："红酥手，黄縢酒，满城春色宫墙柳。东风恶，欢情薄。一怀愁绪，几年离索。错，错，错！　春如旧，人空瘦，泪痕红浥鲛绡透。桃花落，闲池阁。山盟虽在，锦书难托。莫，莫，莫！"这些作品情真意切，千古传诵。

28. 辛弃疾

辛弃疾（1140—1207），字幼安，号稼轩，历城（今山东济南）人，南宋豪放派词人，与苏轼合称"苏辛"，与李清照并称"济南二安"。他的《稼轩词》今存词六百余首。

辛弃疾生活的时代，金兵已经占领了中原。他有报国之志，二十一岁就参加了耿京领导的起义军，在军中掌书记。不久归南宋，曾在江西、湖北、湖南等地担任转运使、安抚使等职。在任期间，辛弃疾打击豪强，淘汰贪吏，安定民心，鼓励耕种，受到百

辛弃疾

姓爱戴。他积极主张抗金和收复失地,痛斥主张投降妥协之人。这样的政治态度使他陷入孤立,最终被罢职。此后他长期闲居在江西上饶的带湖,开荒种地,把自己的庄园命名为"稼轩",自号"稼轩居士"。《水调歌头·盟鸥》《西江月·夜行黄沙道中》《清平乐·村居》等名篇就作于此时。后来辛弃疾又曾出任镇江知府,其间写下《南乡子·登京口北固亭有怀》《永遇乐·京口北固亭怀古》等千古传诵的名篇。不久又被罢免。开禧三年(1207年)秋天,六十八岁的辛弃疾去世。

辛词多以豪迈悲壮、奔放雄浑的风格,抒写抗金卫国、收复山河的豪情壮志,被后人赞为"英雄之词"。如《破阵子·为陈同甫赋壮词以寄之》:"醉里挑灯看剑,梦回吹角连营。八百里分麾下炙,五十弦翻塞外声。沙场秋点兵。　马作的卢飞快,弓如霹雳弦惊。了却君王天下事,赢得生前身后名。可怜白发生。"《南乡子·登京口北固亭有怀》:"何处望神州?满眼风光北固楼。千古兴亡多少事?悠悠。不尽长江滚滚流。　年少万兜鍪,坐断东南战未休。天下英雄谁敌手?曹刘。生子当如孙仲谋。"词人以悲愤的笔触表达自己报国无门、壮志难酬的愤慨。如《水龙吟·登建康赏心亭》:"楚天千里清秋,水随天去秋无际。遥岑远目,献愁供恨,玉簪螺髻。落日楼头,断鸿声里,江南游子。把吴钩看了,栏杆拍遍,无人会,登临意。　休说鲈鱼堪脍,尽西风,季鹰归未?求田问舍,怕应羞见,刘郎才气。可惜流年,忧愁风雨,树犹如此!倩何人唤取,红巾翠袖,揾英雄泪!"

辛弃疾除了创作大量的豪放词外,也写了许多婉约词。如《摸鱼儿·更能消几番风雨》《青玉案·元夕》《鹧鸪天·晚日寒鸦一片愁》等。这些作品语言委婉,描写细腻,情真意切,是婉约词中的佳品。他还有一些词以热情洋溢的笔墨描写田园风光和生活的情趣。如《清平乐·村居》:"茅檐低小,溪上青青草。醉里吴音相媚好,白发谁家翁媪?　大儿锄豆溪东,中儿正织鸡笼。最喜小儿亡赖,溪头卧剥莲蓬。"

29. 施耐庵

施耐庵是元末明初杰出的小说家。他的生平资料现存的很少，所以关于他的身世众说纷纭。

关于施耐庵的生平，现在比较流行的一个版本是：施耐庵本名施彦端，兴化白驹场（今属江苏大丰）人。他出生在一个贫苦的船夫家庭，但自幼聪慧好学，多才多艺。他十九岁中秀才，二十八岁中举，二十九岁至元大都会试落第，补郓城儒学训导。这一时期他搜集了梁山泊附近流传的有关宋江等人的英雄事迹。三十五岁时中进士，在钱塘做了两年官，因与权贵不合，辞官而去。后来他曾在张士诚起义军中做幕僚。张士诚兵败后，他隐居白驹著书。明洪武年间去世。

《水浒传》是施耐庵在综合宋元以来广泛流传的民间故事、话本、戏曲等的基础上创作而成的（一说是由他和罗贯中合作完成）。《水浒传》是我国古代长篇小说中成就最高、影响最大的英雄传奇，与《三国演义》《西游记》《红楼梦》并称为"四大名著"。虽然施耐庵的生平事迹未能完整地流传下来，但他留下的文化遗产是不朽的。

30. 罗贯中

罗贯中（约1330—约1400），名本，号湖海散人，元末明初小说家、剧作家。根据现有资料来看，他可能是施耐庵的弟子，并且可能参与了《水浒传》的创作。他创作的《三国演义》是我国章回小说的开山之作，也是我国古代成就最高、影响最大的历史演义。

罗贯中少年时母亲去世，随父亲去苏州、杭州一带做生意。他是一位有抱负的文人，当时天下大乱，豪杰并起，他也曾参与其中，这使他积累了一定的军事、政治斗争经验，为《三国演义》等历史小说、杂剧的创作打好了基础。明朝建立以后，他放弃入仕的机会，专心创作。他的作品除《三国演义》外，还有《隋唐两朝志传》《三遂平妖传》《残唐五代史演义》等长篇小说，及《风云会》《连环谏》《蜚虎子》等杂剧（后两种已失传）。

31. 吴承恩

吴承恩（约1500—约1582），字汝忠，号射阳山人，淮安山阳（今江苏淮安）人，明代小说家。著有长篇章回体小说《西游记》。

吴承恩生于一个落魄的官吏家庭，家境贫苦。他自小聪慧过人，博览群书，下笔写书立成。但科举屡考不中，到了中年以后才按例补为"岁贡生"。后来长期流落在南京，靠卖文为生，生活困顿不堪。晚年曾任浙江长兴县丞，但又因难以忍受官场的腐朽和黑暗，愤然辞官，最终在穷困潦倒中去世。

吴承恩自小喜欢读野闻稗史、志怪小说。科举考试的多次失利，加上生活窘困，使他对社会的腐朽和黑暗有很深的感触。于是他想用神怪小说的形式来表达内心的不满。正是在这种创作理念的推动下，他完成了我国古代最优秀的神话小说《西游记》。

《西游记》通过对神魔世界的描写和对神话人物形象的塑造，间接表达了作者对黑暗现实的不满，表现出了改变社会现实的强烈愿望，也反映出作者希望建立一个"君贤臣明"的王道之国的政治理想。

32. 归有光

归有光（1507—1571），字熙甫，别号震川，又号项脊生，昆山（今江苏昆山）人。明代著名散文家。有《震川先生集》传世。

归有光出生时家境没落，生活贫困。他自幼发奋学习，聪慧绝人，九岁能写文章，十岁就写出了千余言的《乞醯论》。但他的科举之路并不平坦，中举人之后，参加会试，八次榜上无名。后迁到嘉定安亭定居，一面读书，一面谈道讲学，慕名而来的学生很多，文人雅士都称他为"震川先生"。归有光虽然屡试不第，但他性格耿直，从不屈事权贵以求官；在创作上，他也是一位敢于反对复古风气的正直文人。

归有光

嘉靖四十四年（1565年），归有光六十岁时中了个三甲进士，历任长兴知县、顺德通判、南京太仆寺丞等职，掌管内阁制敕房，纂修《世宗实录》。隆庆五年（1571年）在南京去世，终年六十六岁。

在散文创作上，归有光批判复古论，主张文风淳朴，不事雕琢。他师承唐宋古文之风，又在前人的基础上有所创新。他的散文有的表达对时事政治的不满，有的表达对百姓疾苦的同情，有的写生活琐事和情感。其风格淳朴自然，清新简洁，情真意切。

《项脊轩志》是他的代表作。这篇散文以"百年老屋"项脊轩的几度兴衰为线索，贯穿着对祖母、母亲、妻子的回忆，抒发了世事变迁、物是人非的感慨，在家庭琐事的叙述中蕴含着真挚的情感。文章非常注重细节刻画，言简意赅，形象鲜明，确实是经典之作。

33. 汤显祖

汤显祖（1550—1616），字义仍，号若士，临川（今江西抚州）人，明代戏剧家。他出身书香世家，不仅通古文、诗词，还通医学、天文、地理。曾师从泰州学派罗汝芳，又受到李贽的影响，思想上主张真性情，反对假道学。在文学创作上，他也主张"言情"，反对拘泥于格律。汤显祖是隆庆四年（1570年）举人，万历十一年（1583年）进士，官拜南京太常博士、礼部主事，后因上书《论辅臣科臣疏》弹劾申时行、杨文举等人徇私舞弊，牵涉到皇帝，被贬为广东徐闻县典史。在迁浙江遂昌任知县时与意大利传教士利玛窦结识。在遂昌知县任上，他因放囚犯回家过年而被弹劾，于是弃官回乡。从此他安心创作，过着隐居的生活。他认为文学作品就应该追求真性情和思想性，提倡创新，并在生活中寻找灵感，认为"百姓日用即道"。这些理念使他的作品具有浓厚的平民色彩，又极具抒情性。

他所作的传奇有《紫箫记》《还魂记》《牡丹亭》《南柯记》《邯郸记》五种。其中《牡丹亭》为代表作。它通过讲述杜丽娘的曲折爱情来批判封建的包办婚姻制度，歌颂对自由的追求。他作品中反对封建礼教、倡导个性解放的精神，至今都有着重要的影响。后人将他誉为"中国的莎士比亚"。

34. 蒲松龄

蒲松龄（1640—1715），字留仙，一字剑臣，别号柳泉居士，世称聊斋先生，淄川（今山东淄博）人，清代文学家，著有文言短篇小说集《聊斋志异》。

蒲松龄天资聪慧，自幼苦读诗书。十九岁时参加科举，连取县、府、道三个第一，名震一时，但以后屡试不中，直至七十一岁才破例补为贡生。为维持生计，他曾应同乡人宝应县知县孙蕙的邀请，为其做幕宾，由此体会到百姓生活的艰难和官场的腐朽。他想通过科举考试实现自己的志向，但科场失利，世态炎凉，使他深深地感受到社会的黑暗。他前后用了四十余载时间，倾尽毕生心血完成了《聊斋志异》。康熙五十四年（1715年）正月，蒲松龄病逝，终年七十六岁。

《聊斋志异》是一部志怪小说。"聊斋"是蒲松龄书房的名字，在"聊斋"中他写下了许多狐鬼妖魅的奇特故事，所以小说名为《聊斋志异》。《聊斋志异》中的许多故事以鬼怪异闻反映社会现实，故事情节奇异曲折，语言精练，结构巧妙，人物刻画生动鲜明，确实是文言短篇小说的经典之作。

老舍曾评论《聊斋志异》："鬼狐有性格，笑骂成文章。"郭沫若为蒲松龄故居题联："写鬼写妖高人一等，刺贪刺虐入骨三分。"这都是对蒲松龄及其作品的高度赞誉。

35. 曹雪芹

曹雪芹（约1715—约1763），名霑，字梦阮，号雪芹、芹圃、芹溪，清代著名小说家。著有长篇章回体小说《红楼梦》。

曹雪芹出生在煊赫一时的贵族世家。据后人考察，曹雪芹的家族和清朝皇室有很深的渊源。从康熙二年（1663年）至雍正五年（1727年），曹雪芹的曾祖曹玺、祖父曹寅、父亲曹颙、叔父曹頫相继担任江宁织造六十多年。到曹雪芹出生时，曹家败落，这使他深深体会到世态炎凉。

曹雪芹晚年住在北京西郊，生活更加困顿不堪，靠卖文、卖画过日子。在艰苦的条件下，他以惊人的毅力，进行着呕心沥血的创作。长篇巨著《红楼梦》耗费了他十余年的心血，前后增删过五次。遗憾的是，在他生前，《红楼梦》并未全部完成。现在一般认为，《红楼梦》一百二十回，前八十回是曹雪芹所著，后四十回是清代高鹗所续。

曹雪芹才华出众、爱好广泛，在诗文、书画、园林、金石、医药、饮食、民俗等诸多方面均有深入的研究。这为他创作《红楼梦》打下了坚实的基础。

《红楼梦》是我国乃至世界文学史上的不朽杰作，曹雪芹的名字也因这部伟大的著作而载入史册，令后人景仰。

三 彪炳千秋的文学著作

1.《诗经》

《诗经》收集了自西周初年至春秋中叶五百多年间的三百零五篇诗歌,是我国第一部诗歌总集。它一开始被称为"诗",西汉时被尊为儒家经典,始称"诗经"。

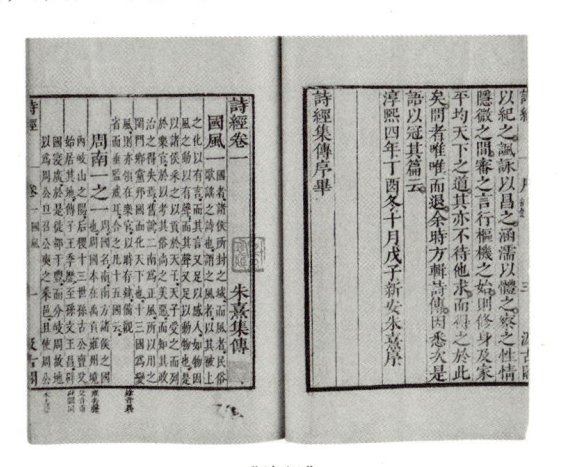

《诗经》

《诗经》中诗的作者,绝大部分已经无法考证。诗作主要产生于黄河流域,西起今山西和甘肃东部,北到河北,东至山东,南及江汉流域。相传周代有采诗的官员,每年春天深入民间收集民谣,整理后交给太师谱曲,演唱给周天子听,作为施政的参考。所以《诗经》中大多数是没有记录作者姓名的民歌。

《诗经》内容丰富,记录了战争与徭役、劳动与爱情、压迫与反抗、祭祖与宴会、风俗与婚姻,甚至天象、动物、植物、地貌等方方面面的内容,是西周至春秋时期社会生活的一面镜子。《诗经》最初的主要作用,一是让统治者通过民歌了解当时的社会和政治问题,二是娱乐,三是作为各种典礼的音乐。

《诗经》中的优秀作品,语言形象生动、丰富多彩,既具有音乐的美感,又在表意和修辞上有很好的效果。它还有独特的艺术技法,被总结成"赋、比、兴"与"风、雅、颂",合称"六义"。一般认为风、雅、颂是以诗的内容和功用分类。"风"包含了当时十五个地方的民歌,又叫"十五国风",共有一百六十篇,是《诗经》的核心内容。十五国风分别是《周南》《召南》《邶风》《鄘风》《卫风》《王风》《郑风》《齐风》《魏风》《唐风》《秦风》《陈风》《桧风》《曹风》《豳风》。《周南·关雎》《秦风·蒹葭》等都是脍炙人口的名篇。"雅"是周王朝京城附近的乐歌,共一百零五篇,包括《大雅》《小雅》两部分。《大雅》主要歌颂周王室的功绩,也有反映厉王、幽王暴虐昏乱及统治危机的;《小雅》中的部分诗歌跟《国风》类似,具有较深刻的社会内容,关于战争和劳役的诗歌尤为突出。"颂"包括《周颂》《鲁颂》和《商颂》,共四十篇,主要是在宗庙祭祀时使用的,其中也有一部分是舞曲。赋、比、兴是《诗经》的表现手法。赋,就是铺叙陈述;比,也就是譬喻;兴,就是借助其他事物来作为诗歌的开头,引起下文,使诗歌曲折委婉。赋、比、兴的运用,既是《诗经》艺术特征的重要标志,也开创了中国古代诗歌创作的基本手法。

2.《楚辞》

"楚辞"的本义是战国时期楚地的歌辞。西汉刘向整理古籍,把屈原、宋玉等战国时楚地作家的作品编辑成书,定名为《楚辞》,从此"楚辞"成为一部诗歌总集的名称。刘向编辑的《楚辞》收战国屈原、宋玉及汉代淮南小山、东方朔、王褒、刘向等人的作品共十六种。后来东汉王逸为之作章句,增入己作《九思》,成十七种,具体篇目为:《离骚》《九歌》《天问》《九章》《远游》《卜居》《渔父》《九辩》《招魂》《大招》《惜誓》《招隐士》《七谏》《哀时命》《九怀》《九叹》《九思》。这一版本成为后世的通行本。全书以屈原的作品为主，其余各篇均是承袭屈原作品的形式。

《离骚》是我国古代最伟大的浪漫主义诗篇之一，也是《楚辞》中最为光辉的作品。《九歌》共十一篇，是屈原在民间祀神乐歌的基础上创作出来的浪漫诗篇。《天问》通篇用诘问语气，以参差错落、灵活多变的形式，对自然、社会、历史提出了一百七十多个问题，是我国文学史上的一篇奇文。《九章》共九篇，主要是屈原在放逐中的经历、处境和悲愤心情的反映。《招魂》是屈原流放江南时，根据当地民间招魂辞的写法而创作的。《九辩》是宋玉的作品，它在学习屈原作品的基础上，又有一定的艺术独创性，善于通过描写景物来抒发情感，开创了我国文学史上的"悲秋"主题，对后世文学影响深远。《楚辞》中的其他作品基本是模仿屈原、宋玉的作品形式，有些作品虽署名屈原，但实际上是后人伪托屈原之名而作。

《楚辞》是我国第一部浪漫主义诗歌总集，在文学史上占有极为重要的地位。它是我国古代第一部有明确作者的诗集，标志着我国文学由集体创作进入个人专著的新纪元。它也是《诗经》之后出现的一种新诗体，打破了《诗经》以四言为主的形式，而代之以三言至八言不等的杂言形式，句中有时使用楚国方言，在节奏和韵律上独具特色，更适合表现复杂的思想感情。在内容上，它大量吸收古代神话的浪漫主义精神，想象奇特，感情奔放，开创了我国的浪漫主义文学。后世诗歌、辞赋、散文、戏剧、小说皆不同程度地受到《楚辞》的影响。

3.《左传》

《左传》，全名《春秋左氏传》，又名《左氏春秋》，相传为左丘明所著。它是一部编年体史书，所用年号为春秋时鲁国的年号。它还是一部战略奇书，通过记叙春秋晚期各诸侯国之间的明争暗斗，揭示了很多大国兴衰的原因。《左传》对人与人、国与国之间斗争的方法和经验有着独到的见解，古代很多政治家、将领都对它爱不释手，最注重的就是其中关于谋略、战争的内容。

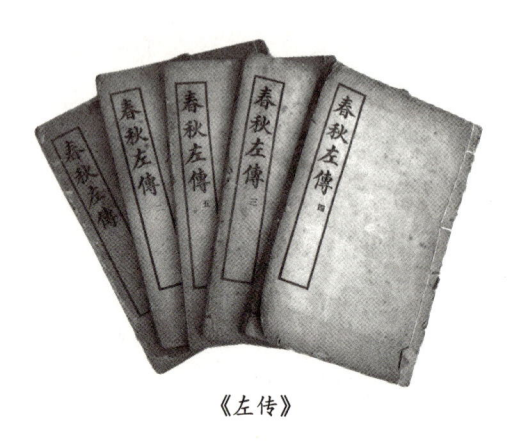

《左传》不仅具有很高的历史、政治和军事价值,还有很高的文学价值。它可以说是我国第一部大规模的叙事性作品。和之前的著作相比,它的叙事能力表现出惊人的发展,许多头绪纷杂、变化多端的历史大事件,都能处理得有条不紊、繁而不乱。其中关于战争的描写尤其出色。作者善于将每一次战役都放在大国争霸的背景下展开,将战争的远因近因、各国关系的组合变化、战前策划、交锋过程、战争影响等,以简练而不乏文采的文笔写出,行文严密而有力。《左传》叙述事件还注重生动性和趣味性,常常以描写较为细致的故事情节来表现人物的形象。它的语言也非常生动,尤其擅长叙写外交辞令。我们现在使用的很多词语、成语都出自此书,比如东道主、其乐融融、退避三舍、及瓜而代、言归于好、魑魅魍魉、外强中干、表里山河、厉兵秣马、困兽犹斗、鞭长莫及等。

《左传》虽是历史著作,但与《尚书》《春秋》有所不同,它"情韵并美,文采照耀"(清·刘大櫆《论文偶记》),是先秦时期最具文学色彩的历史散文。其文学特点可概括为:第一,传神的细节描写和生动的场面描写;第二,刻画人物性格神形毕现,有立体感;第三,文学性的剪裁和历史事件的故事化;第四,擅长叙写外交辞令,理富文美。

《左传》还引录、保存了当时流行的一部分应用文,给后世应用文的发展提供了借鉴。仅宋人陈骙在《文则》中所列举,就有命、誓、盟、祷、谏、让、书、对八种之多,实际种类还远不止于此,后人认为檄文也源于《左传》。此外,《左传》在史料搜集上对后世也有深远的影响,司马迁的《史记》就有不少内容取材于《左传》。总之,这部丰富多彩的史学巨著,对后世史学、散文乃至

《左传》

小说、戏剧的发展，都有重大的影响。

4.《国语》

《国语》大致成书于战国初年，是我国第一部国别体史书。国别体，就是以国家为单位，分别记叙历史事件的一种史书形式。这部书有二十一卷，分别写了周、鲁、齐、晋、郑、楚、吴、越的历史。但各国史料在全书中所占比重悬殊，其中《晋语》篇幅最多。《国语》记录了周穆王十二年（前990年）至智伯被灭（前453年）这段时期的历史与传说。西汉史学家司马迁提出《国语》作者是左丘明，但后来遭到各方反对，众说纷纭，至今尚未有定论。除具有较高的史学价值外，其文学价值也不容小觑。

《国语》的内容十分丰富。它反映了西周到东周的历史变化，记录了贵族阶层的生活百态、名人的言行、君主的治国思想和措施、诸侯之间的争霸、政治斗争等内容。在记录历史现实的同时，它还夹杂了一些虚构的故事。语言质朴，易于理解。

这部史书叙述各国历史的风格和侧重并不相同。如《周语》侧重政治记录，语言庄重典雅、高贵深沉；《晋语》叙事成分多，语言生动活泼、幽默风趣；《吴语》记录夫差伐越和吴国灭亡的历史，语言相对奔放，叙事跌宕起伏。《国语》并没有一个统一的思想体系，它有很强的纪实性，所以记录的人物言行、历史事件中包含的思想也是不同的。但总体上，它还是弘扬道德，尊崇礼法，反对腐败，顺应民意的。其中包含的经济、政治、军事、外交、教育、婚姻等各个方面的内容，对研究先秦时期的社会历史具有巨大的价值。

5.《战国策》

《战国策》又称《国策》，是一部国别体史学著作。它记载了战国初年至秦灭六国约二百四十年的历史中，西周、东周以及秦、齐、楚、赵、魏、韩、燕、宋、卫、中山各国之事。所以，它的思想内容较为复杂。

这部书没有固定的作者，其文章自各方收集而来，后来由西汉经学家、目录学家刘向重加整理并定名。

《战国策》并不局限于记录史实，它通过大量的寓言故事，生动而幽默地说事明理，尖锐地讽刺当时的社会现实，引人深思。书中的许多故事至今仍广为流传，如画蛇添足、狐假虎威、惊弓之鸟、狡兔三窟、三人成虎、安步当车、门庭若市、高枕无忧等。它描写人物形象极为生动，用传神的语言刻画了一批贪图功名、庸俗势利的小人，也记录了一些勇士的才干与精神。它还善于用夸张、渲染和比喻的手法来增强论者的说服力，文学性较强。所以，它不仅是展现当时社会风貌的史学著作，而且是一部优秀的历史散文集。

6.《晏子春秋》

晏子是中国历史上真实存在的一位政治家，他是春秋时代的风云人物。读《晏子春秋》，可以全面了解这位历史人物的生平事迹和神奇智慧。

晏婴（？—前500），又称晏子，夷维（今山东高密）人，春秋时代齐国杰出的政治家、思想家、外交家。他历经齐国灵公、庄公、景公三朝，辅政四十余年，以有政治远见、外交才能和朴素作风闻名诸侯。

《晏子春秋》大约成书于战国末期，是后人假托晏婴的名义所作。这部书详细地记述了齐国贤相晏婴的生平轶事及各种传说，二百多个小故事相互关联和补充，构成了栩栩如生的完整的晏子形象。书中记载了很多晏婴劝告君主勤政、爱护百姓、任用贤能和虚心纳谏的故事，成为后世从治者学习的榜样。

这部书的语言简洁明快，幽默风趣。人物对话富有个性，特别是人物语言中蕴含的幽默感，不但使故事意趣盎然，而且增加了语言的辛辣和讽刺性。作者还善于运用比喻的手法，书中一些蕴含哲理的比喻，后来成为我们常用的词语或成语，如中流砥柱、南橘北枳等。

全书通过一个个生动活泼的故事，塑造了主人公晏婴和众多陪衬者的形象。书中有很多生动的情节，表现出晏婴的聪明和机敏，如"晏子使楚"的故事就流传很广。书中还论证了"和"与"同"两个概念。晏婴认为对君主的附和是"同"，应该批评；而敢于向君主提出建议，补充君主决策的不足，才是真正的"和"。这种富有辩证思想的论述成为中国哲学史上的一大亮点。

7.《史记》

《史记》是我国历史上第一部纪传体通史，"二十四史"之首，作者是西汉著名史学家司马迁。

这部历史名著分为本纪、表、书、世家、列传五部分，主要记叙先秦和秦汉著名历史人物的生平事迹。本纪按照时间顺序记录历代帝王的言行和政绩，表是将事件、人物简单列出，书是对政治、经济、礼乐、地理等制度的记录，世家记录王侯的事迹，列传则是不同类型、不同阶层的人物传记。

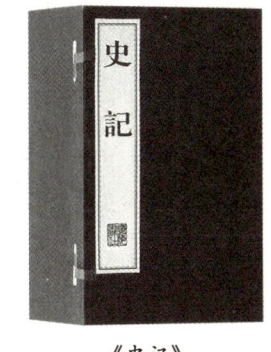

《史记》

司马迁在著《史记》的时候，没有用成王败寇的观点去编写，而是着重发掘历史事件的真相，以及英雄人物所展现出来的气概。如写项羽，并没有过多关注其失败，而是描绘了一位傲骨铮铮且神勇无敌的楚霸王。尤其是项羽别虞姬的时候，那种荡气回肠、失意而不失气节的英雄气概，令人为之动容。

《史记》不仅开创了我国纪传体的史学，而且开创了我国的传记文学，具有极高的文学价值。它对人物形象的塑造非常成功。司马迁不仅善于从矛盾冲突中发掘人物的真实性情，张扬其个性，而且善于通过不同的历史事件展现一个人物不同的性格侧面，由此勾勒出这一人物完整、饱满的形象。《史记》的语言是在当时口语的基础上提炼加工的书面语，并引用了大量的民谣、谚语和俗语，既明白晓畅，又极具表现力。鲁迅先生称赞《史记》是"史家之绝唱，无韵之《离骚》",这是对其文学价值的高度肯定。

司马迁在政治上遭遇不幸,但他坚韧不屈,坚持写完了《史记》。他在书中为众多悲剧人物撰写生平,赞扬受磨难仍坚强不屈的人,其中流露出他对现实不公的愤慨,这使《史记》具有强烈的战斗性和深刻的思想性。

8.《世说新语》

《世说新语》主要记载魏晋名士的奇闻逸事和玄言清谈,也可以说这是一部记录魏晋风流的故事集。它是魏晋南北朝时期笔记小说的代表作。

这部书是由南朝刘义庆组织一批文人编写的,依内容分为"德行""言语""政事""文学""方正"等三十六类,每类收有若干则故事,全书共一千二百多则。每则故事长短不一,有的三言两语,有的数行,由此可见笔记小说"随手而记"的特性。

《世说新语》是研究魏晋社会历史的极好史料,其中对魏晋名士的种种活动如品题、清谈,种种性格特征如任诞、栖逸、简傲,人生的追求以及嗜好,都有生动的描写。综览全书,可以看见魏晋时期几代士人的群像;通过这些人物形象,又可以了解那个时代上层社会的生活风尚。

作为古代笔记小说中的经典,《世说新语》在艺术上也有较高的成就。它对人物的描写有的重在形貌,有的重在才学,有的重在心理,总之重在表现人物的特点,并塑造鲜明的人物形象。它通过独特的语言描写和动作描写,写出了人物的独特性格,使其拥有了真人一般的灵性。例如:"管宁、华歆共园中锄菜,见地有片金,管挥锄与瓦石不异,华捉而掷去之。又尝同席读书,有乘轩冕过门者,宁读如故,歆废书出看。宁割席分坐,曰:'子非吾友也!'"(《德行》第十一则)两人的不同个性通过对比表现得异常鲜明。再如:"王戎七岁,尝与诸小儿游。看道边李树多子折枝,诸儿竞走取之,唯戎不动。人问之,答曰:'树在道边而多子,此必苦李。'取之,信然。"(《雅量》第四则)这篇短文寥寥几笔,就塑造出了幼年王戎足智多谋、善于分析的形象。

9.《春江花月夜》

《春江花月夜》是初唐诗人张若虚所作的七言古诗。

这首诗从题目上便点出了春、江、花、月、夜这五个美好的事物,结合在一起更是一幅宁静高远,又笼罩着淡淡愁绪的画面。诗作开篇便描绘出一幅美好的画面——一轮明月被浩瀚如海的江水托起,月光照在遍地生机的花草丛中,像有无数的冰珠在闪烁,世间万物似乎都浸润在这宁静皎洁的月光中。

而后,诗人由这样的美景联想到了人生。江月年年相似,人生也是世世代代无穷无尽。和永恒的江月相比,一个人的生命是短暂的,但诗人并没有悲观,而是看到了"代代无穷已"的生命长河。新生事物绵延不断,带来了美好与希望。

在感叹宇宙浩瀚、生命延续不断之后,诗人又回到了人类的感情。无论世间事物多么渺小或宏大,人们对自己家人的思念之情是无法改变和磨灭的。他不直接叙述相思,而是将之寄托给明月。"月徘徊"其实是思妇内心的愁绪,思妇希望同样能看到明月的夫君,感觉到自己的相思。

这首诗不像一般的山水诗那样写实,也不像托物言志诗那般生硬。它是将美好、忧伤、思念等多种情绪融为一体,化在山水与月光之中,让情感融入意境之美;诗人还将对宇宙和人生的思考融入诗中,使诗的主题升华成对宇宙的浩瀚无穷和生命的交替不尽的感叹,引发读者对人生的深思。这首诗在思想性和艺术性上达到了相当的高度,突破了宫体诗狭窄的题材、浅薄的思想和单调的艺术风格的局限,成为千古传唱的名篇。

10.《西厢记》

《西厢记》是元代杂剧中的杰出代表,全名《崔莺莺待月西厢记》，共五本二十一折。作者是元代著名文学家王实甫。

这部杂剧讲述了张君瑞（张生）与崔莺莺这对才子佳人努力争取自由爱情，终成眷属的故事。

书生张君瑞原是礼部尚书之子，无奈父母双亡，家道中落，张生便进京赶考，欲博取一个功名。途中路过普救寺，听说这里美景如画，便停留欣赏。崔莺莺是崔相国的千金，因崔相国去世，莺莺的母亲郑氏便携女儿送崔相国的灵柩回河北安葬，途中暂住在普救寺。

张生被崔莺莺的容貌气质深深吸引，为了多见她几面，便找方丈借宿，住进了西厢房。莺莺见张生日夜苦读、满腹诗书，也心生倾慕。不料，叛将孙飞虎听说崔莺莺才貌双全，便欲占为己有，将普救寺围了起来。崔母紧急之下，便说谁能退孙飞虎的贼兵，便将莺莺许配给他。张生请好友白马将军杜确解了围困，崔母却反悔，要二人认作兄妹。莺莺身边的侍女红娘给二人牵线搭桥，后来面对崔母的拷问又据理力争，使崔母勉强答应张生求取功名后便可以迎娶莺莺。张生便进京赶考，考中了状元。崔母想将莺莺许配给尚书之子郑恒，郑恒趁张生进京，造谣说张生在京已被招为东床佳婿，于是崔夫人再次赖婚，要莺莺嫁给郑恒。后来张生及时归来，戳穿了郑恒的谎言，张生与崔莺莺这对有情人终成眷属。

《西厢记》"长亭送别"

这段曲折离奇的爱情故事，批判了崔母攀贵附势的自私行为，赞美了张、崔二人追求幸福的勇气与努力，更赞美了红娘的热情和仗义。这部戏剧也打破了元剧一本四折、一人主唱的惯例，塑造了多个生动的人物形象，使舞台丰满起来，成为古代戏剧的一个转折点，为后世戏剧开了先河。该剧不仅情节引人入胜、人物形象鲜明生动，而且曲词文采斐然，极具诗情画意。

11.《三国演义》

《三国演义》是我国古典长篇小说四大名著之一，是历史上第一部长篇章回体历史演义小说，也是成就最高、影响最大的历史演义。作者是元末明初的小说家罗贯中。

这部名著在我国可谓家喻户晓，但是它的魅力，不细读，不反复读，很难领略到。

《三国演义》的素材主要来源于两个途径：一是《三国志》等关于三国的历史文献，这是史学家对三国历史的记录和评价；二是民间流传的三国故事和文学创作，它们为《三国演义》的创作提供了丰富的素材和创作经验。

元末明初，社会矛盾尖锐，农民起义此起彼伏，群雄割据，百姓流离失所。罗贯中生活在社会底层，深知百姓的疾苦，他期望社会稳定，渴望百姓安居乐业。作为底层的知识分子，他对历史进行了深刻的思考，并希望结束动荡造成的悲惨局面。由此，他依据东汉末年的历史创作了《三国演义》。

这是一部巨著，它对英雄豪杰、地理风物、军事战争、战略战术、处世哲学等的描写，无一不令人拍案叫绝。

《三国演义》在广阔的背景上，上演了一幕幕波澜起伏、气势磅礴的战争场面，并成功刻画了近两百个人物形象。《三国演义》中塑造极为成功的人物有曹操、刘备、诸葛亮、关羽等。曹操既有雄才大略，能礼贤下士，又心胸狭窄、残暴奸诈，是个非常复杂的人物。刘备被作者塑造成知人善任、仁民爱物、礼贤下士的仁君典型。诸葛亮

《三国演义》"三顾茅庐"

是贤相的化身，他不仅才华盖世、智慧绝伦，而且具有"鞠躬尽瘁，死而后已"的高风亮节和救世济民的雄心壮志。关羽威猛刚毅、义薄云天的形象也非常深入人心。

《三国演义》表现出明显的拥刘反曹倾向，把刘备集团作为描写的中心，对刘备集团的主要人物加以赞美歌颂，对曹操则极力抨击。今天我们对于作者的这种倾向应有辩证的认识。拥刘反曹是当时民间的主要倾向，隐含着百姓对汉族复兴的期望。

除了人物的塑造，这部书的故事情节也引人入胜。"桃园三结义""三英战吕布""三顾茅庐""火烧赤壁""三气周瑜""走麦城""空城计"……精彩纷呈的故事令人手不释卷。

阅读《三国演义》，仿佛使我们走进了那个天下纷争、群雄并起的年代。今天，我们需要用更多样的眼光去看待这部名著，也需要用坦诚而真实的心去理解它。每个人心中都有一部属于自己的《三国演义》。

12.《水浒传》

《水浒传》是我国四大名著之一，也是我国较早的白话文章回体小说之一。作者为元末明初小说家施耐庵（一说是由施耐庵与罗贯中合作完成）。此书是作者在整理、综合宋元至明初数百年内民间流传的水浒故事的基础上创作而成的。

《水浒传》中的故事发生在北宋末年。当时社会动荡，在朝廷昏暗的统治下，民不聊生。一百零八位好汉梁山聚义，在宋江的带领下发动了轰轰烈烈的农民起义。

《水浒传》的结构纵横交错，以梁山起义的过程为主线，期间穿插一个个独立的故事。书中刻画了众多梁山好汉的形象。他们出身不同，性格各异，但都身怀绝技，在梁山结为兄弟，共同对抗敌人。他们勇敢地反抗黑暗腐朽的统治集团，和他们横行霸道、鱼肉百姓、贪赃枉法的行径做着不屈的斗争，将个人的恩怨情仇上升为替天行道、扶危济困。书中对一些英雄形象的塑造非常成功。在人物出场时，先对其外形进行描写，如武松"一双眼光射寒星，两弯眉浑如刷漆"，鲁智深"生得面阔耳大、鼻直口方，腮边一部貉獠胡须。身长八尺，腰阔十围"。同时，作者善于通过剧烈的矛盾冲突表现人物性格，如将人物置于生死存亡的紧要关头，表现其临危不惧的勇气和随机应变的智慧，把人物描写得极具浪漫主义与英雄主义色彩，也使得情节跌宕起伏、引人入胜。

书中不同人物在经历成长后，对于招安持不同态度。如社会底层的李逵等人坚决反对招安，但宋江等人坚持接受招安，最终导致起义失败。这也暗示了本书的一个观点，即表面造反只能打击当时的封建统治，真正成功的起义并非换一位心系百姓的封建统治者，而是从根本上找到政治上的不合理之处，推翻封建统治，真正建立惠及百姓的社会体系。

总之，《水浒传》的作者以其高度的艺术表现力、生动丰富的文学语言，构造了诸多引人入胜的故事情节，塑造了众多个性鲜明的英雄形象。武松打虎，鲁智深拳打镇关西、倒拔垂杨柳，林冲风雪山神庙等故事和相关的人物形象深入人心。《水浒传》是一部豪侠的传记，更是一部百读不厌的文学作品。

13.《西游记》

《西游记》是四大名著之一，是我国古代第一部长篇神魔小说，也是神魔小说中最优秀的作品。它主要讲述了孙悟空、猪八戒、沙僧三人保护唐僧西行取经的故事。

本书运用幽默风趣的语言，将人物的性格刻画得淋漓尽致。唐僧

《西游记》"大闹天宫"

的懦弱、善良，孙悟空的勇敢、机智、顽皮，猪八戒的笨拙、懒惰、富有人情味，沙僧的忠厚老实、任劳任怨，都在读者的心中留下了深刻的印象。书中的情节可谓跌宕起伏，环环相扣，让读者欲罢不能。

书中有许多精彩的片段，值得读者去品味，比如"大闹天宫"：

话说孙悟空强消死籍，入东海龙宫拿走金箍棒，惊动了玉皇大帝。在太白金星劝奏下，玉皇大帝把孙悟空召入上界，让他做弼马温。悟空刚开始不知官职大小，开心地接受了任命；后知实情，一怒之下打出南天门，返回花果山，自称"齐天大圣"。玉皇大帝得知此事之后大怒，立即派李天王率天兵天将捉拿孙悟空。美猴王接连打败巨灵神、哪吒二将。迫不得已，太白金星再次到花果山，请孙悟空上天做齐天大圣，并专门管理蟠桃园。孙悟空因生性顽皮，偷吃了蟠桃，又搅了王母娘娘的蟠桃宴，盗食了太上老君的金丹，逃离天宫。玉帝再派李天王率天兵捉拿，双方争持不下，观音菩萨举荐灌江口二郎神来战悟空。孙悟空与二郎神打斗数十回合，不分胜负。最后，孙悟空被太上老君从南天门扔下的金刚镯击中，擒拿至天庭。玉帝命天兵刀砍斧剁、南斗星君火烧、雷部正神雷击，都不能损伤悟空一丝一毫。太上老君又把悟空放进炼丹炉内火烤，七七四十九日开炉，悟空也不曾受到一点伤害，只是被烟熏红了眼，成为"火眼金睛"。悟空再次在天宫大打出手，天兵天将无人能挡。最后玉帝请来如来佛祖，才将悟空压在五行山下。"大闹天宫"的故事集中表现了孙悟空热爱自由、乐观大胆、敢于战斗的性格特征。悟空与各路天兵天将斗法的场面描写也十分精彩。

车迟国斗法、大战红孩儿、三调芭蕉扇等情节也非常精彩，不同的神仙、妖怪各有特色，故事情节引人入胜。

《西游记》中还蕴涵了作者浓厚的思想感情。作者通过此书把辛辣的讽刺、善意的嘲笑和严峻的批判艺术地结合起来，深刻地表达了他的爱憎，寄寓了广大人民反抗恶势力、克服困难、战胜自然的乐观精神，并曲折地反映了当时的社会现实。

14.《牡丹亭》

《牡丹亭》又名《还魂记》，是明代文学家汤显祖最为得意的作品，也是我国戏曲史上的浪漫主义杰作。

这部剧写了杜丽娘与柳梦梅生死离合的传奇爱情故事。南安太守杜宝的独生女儿杜丽娘与侍女春香到后花园游玩，为满园春色所动。她忽觉困倦，便睡着了，在梦中遇见了书生柳梦梅。二人在牡丹亭相会，一见钟情。梦醒后，杜丽娘发现一切都是不存在的，大觉感伤，竟思念成疾，郁郁而终。三年后，柳梦梅恰至南安，见到杜丽娘的画像，深深爱慕，并与她的鬼魂相会。后来丽娘复活，二人终于结为夫妇。柳梦梅去拜会岳父，岳父却拒不承认，还将其看作盗墓贼，将杜丽娘视为妖魔。后来，柳梦梅状元及第，经皇帝调解，这门亲事终于得以圆满。

这部剧的唱词十分优美，将人物的心理表现得淋漓尽致，如"原来姹紫嫣红开遍，似这般都付与断井颓垣。良辰美景奈何天，赏心乐事谁家院"这样的佳句，至今脍炙人口，让人感慨万分。剧中批判了封建礼教的自私、独断、专横，痛斥了杜父这样的封建代表的狭隘、势利和不顾亲情只顾官爵的行径，同时热情歌颂了主人公反抗封建礼教、追求自由爱情、要求个性解放的精神，塑造了杜丽娘、柳梦梅这一类敢于追求幸福的形象，并使他们最终获得大团圆的结局。其富于幻想的故事情节、清丽婉转的曲词风格深深影响着后世的戏曲文学。

15.《聊斋志异》

《聊斋志异》是清代小说家蒲松龄所作的文言短篇小说集,代表了我国古代文言短篇小说创作的最高成就。

《聊斋志异》中的作品按照其内容大致可分为五类:

一是反映社会黑暗的,如《促织》《梦狼》《续黄粱》《梅女》《红玉》《窦氏》等。

二是批判封建礼教,反对封建婚姻,表现青年男女追求纯真爱情的,如《婴宁》《青凤》《瑞云》《阿绣》《青娥》《连城》《鸦头》等。

三是揭露和批判科举考试制度的,如《叶生》《三生》《于去恶》《贾奉雉》《司文郎》《考弊司》《王子安》等。

四是表现被压迫人民的反抗斗争精神的,如《商三官》《向杲》《席方平》等。

五是总结生活中的经验教训,教育世人的,如《种梨》《瞳人语》《画皮》《狼三则》《劳山道士》等。

《聊斋志异》描写了许多妖神鬼怪与人的恋爱故事,表现了当时世俗中少见的理想爱情。比如聂小倩和宁采臣相爱相许、结局美满的故事。聂小倩是一个只活到十八岁便去世的女鬼,她貌美如花,却在

于受万《聊斋全图·聂小倩》

一座古寺里被夜叉胁迫害人。宁采臣是一名善良的书生，借宿古寺。小倩又被夜叉指使迫害采臣，但当她看到采臣一身正气时，不愿继续违心下手，便告诉了采臣实情。采臣也不负所托，解救出小倩，并将她娶回家照顾父母，还请道人消灭了夜叉。由于小倩本性纯良，采臣的家人也接受了她，并隐瞒了她的身世。后来采臣考中进士，二人生下孩子，孩子也成为有名望的人。这是个美满的爱情故事，寄托了作者对美好生活与纯洁真爱的向往。故事情节离奇，高潮迭起，步步惊心。

蒲松龄一生贫困潦倒，科举考试也屡屡不中，加之他做过一年知县的幕僚，所以切身体会到科举和官场的黑暗。他喜好研究民间风土人情，搜集奇闻异事，这为他在书中撰写各种奇异故事和描写各类人物形象打下了基础。他将自身感悟与社会体验融合，把一腔愤恨写入书中，对当时社会的不合理现象加以揭露，在传奇故事中蕴含了人生哲理。

16.《桃花扇》

《桃花扇》是清代戏曲的杰出代表。作者孔尚任，为孔子第六十四代孙。《桃花扇》是他三易其稿、苦心十余年而写成的一部历史剧。他将侯方域与李香君的离合聚散与南明王朝的兴衰结合在一起，以悲剧升华了戏剧中的爱情。

李自成农民起义军逼近京师，复社文人侯方域、陈贞慧等人在南京避乱。侯方域结识了秦淮名妓李香君，并以宫扇作为定情信物。后来，奸人魏忠贤的余党阮大铖想结交侯方域，拉拢复社文人，但李香君知道阮大铖的贼子之心，便告知侯方域不要与他结交。阮大铖见事不成，便欲陷害，侯方域被迫逃走。阮大铖又逼迫李香君嫁给田仰，李香君誓死不从，血溅宫扇。后来侯方域的朋友杨友龙将扇上的血迹点缀成桃花，桃花扇由此而来。南明灭亡之后，侯方域与李香君在栖霞山道观相遇。经历了国破家亡，两人双双入道，从此斩情断欲。

这部作品通过侯、李的爱情悲剧，反映出当时国不成国、家不成家的黑暗现实，写出了国家与个人密不可分的关系，并揭示了南明在昏庸的统治下必然灭亡的命运。正如孔尚任自己所说："借离合之情，写兴亡之感。"剧中人物刻画也非常细致，各有特点，并且真实客观，毫不虚夸，每个人物都代表了一类人，他们的人品、作为也都是当时社会现实的反映。这部历史剧真正做到了艺术真实和历史真实的完美结合，是清代戏曲中影响最大的作品之一。

17.《长生殿》

《长生殿》是清代剧作家洪昇的代表作。

这部戏剧写唐明皇（唐玄宗）与杨贵妃的爱情故事，并反映了当时的政治状况，是一部历史题材的爱情悲剧。

唐明皇继位之时，国家正处于盛世，一片繁华景象。唐明皇便失去了忧患意识，寄情于声色。他下令广招天下美女，而杨玉环的美貌与才情使唐明皇一见钟情，便册为贵妃，赐金钗钿盒，并封赏了玉环的家人。二人感情日渐深厚。唐明皇为了满足杨贵妃的奢华生活，不惜劳民伤财，从南方运来新鲜的荔枝。在七月七日这天，二人在长生殿发誓："愿世世生生，共为夫妇，永不相离。"不料安禄山发起了叛乱，唐明皇携杨贵妃出逃至马嵬驿，发生了兵变，杨贵妃被迫自缢。这场叛乱平息之后，唐明皇心中痛苦不已，便求访仙人为杨贵妃招魂。二人终于在月宫相见。神仙也为二人的爱情所感动，便于八月十五日将二人共列仙班，使二人可以长相厮守。

这部戏剧用虚幻的手法，创造了一个大团圆的结局。在写二人的感情时贯穿着政治上的兴亡，二者相互呼应，互为因果。唐明皇贪恋美色，不理朝政，导致心怀鬼胎之人趁虚而入。唐明皇不惜调动大量人力，踏坏庄稼，踩死路人，只为了妃子能吃到新鲜荔枝，这种昏庸、残酷统治下的国家必然会出现危机。而杨贵妃的死让唐明皇最终悔悟，二人才得到美满的结局。这是作者对二人爱情的一个升华，也是一个美好的寄托。《长生殿》不仅具有深刻的思想内容，而且场面壮丽，情节曲折，具有浓厚的抒情色彩，曲词优美，在艺术表现上达到了清代戏曲创作的最高水平。

18.《红楼梦》

《红楼梦》原名《石头记》，作者是清代文学家曹雪芹。它是一部具有高度思想性和艺术性的伟大作品，代表了我国古典长篇小说创作的最高成就。

小说以贾、史、王、薛四大家族的兴衰为背景，以贾宝玉、林黛玉、薛宝钗的爱情婚姻故事为主线，歌颂追求自由、幸福的叛逆者，并通过叛逆者的悲剧命运预见封建社会必然走向灭亡的结局。小说人物繁多，所涉及的内容极其广泛，是一部反映中国封建社会生活的百科全书。

《红楼梦》的结构突破了以往小说线索单一的传统模式，它善于运用宏大的场面描写，使众多的人物形象活动于同一时空，使情节更为紧凑而完整。我国古典小说一向不太重视人物的心理描写，《红楼梦》中对人物的内心描写则极为深入。它还以异常细腻的文笔逼真地展现了人物所在的生活场景和社会面貌。它的语言准确传神、多姿多彩，具有高度的概括力，达到了炉火纯青的境界。它塑造了众多鲜明的人物形象。不仅主要人物贾宝玉的叛逆、林黛玉的多愁善感、薛宝钗的淡然稳重、王熙凤的泼辣张狂深入人心，那些陪衬人物如晴雯、探春、贾母、史湘云、刘姥姥等也是个性鲜明，令人印象深刻。书中

《红楼梦》"黛玉葬花"

对诗词书画、医药膳食、建筑花草等的描写也都细致入微，令人感叹作者的博学多才。

无论是思想性还是艺术性，《红楼梦》都达到了古典长篇小说的顶峰，成为我国乃至世界文学史上永恒的丰碑。

19.《儒林外史》

《儒林外史》是我国古代最优秀的讽刺小说，作者为清代小说家吴敬梓。

讽刺小说是指用嘲讽的态度、夸张的艺术手法来揭露生活中消极腐朽、丑陋邪恶现象的小说。它运用讽刺的手法，犀利地描写人物形象的畸形、矛盾、可笑，塑造喜剧性的人物形象，从而达到抨击、警示、教育等目的。在我国小说发展史上，《儒林外史》是讽刺小说的奠基之作，为以后讽刺小说的发展开辟了道路，影响深远。

这部小说里描写了众多当时深受科举制度毒害的儒生，反映了当时迂腐败坏的社会风气。比如"范进中举"的故事：范进在中举人之前，家里一贫如洗，穷得连吃饭都是问题。范进还是一心科考，后来真的中了举人，他在狂喜之下竟然当场疯了。幸好他的岳父胡屠夫一巴掌打醒了他。而这时候，当地有头有脸的人物忽然变得跟范进亲近起来，争着给他送礼，原来看不起他的岳父也对他恭敬起来，让他的地位一下子发生了质变。再如，书生周进屡次参加科考，总是无功而返。他周围的人都讥讽他，挖苦他。而在他中举之后，那些扒高踩低的小人态度立马发生了大转变，都来奉承他，夸赞他的学问。

这部小说通过描写形形色色的人物对于科考和功名表现出来的本性，讽刺了人性在封建社会中被啃噬的现象，批判了封建科举制度的虚伪、腐败，同时也赞扬了一些小人物坚持不懈的精神。它的语言准确、精练而富于形象性，讽刺辛辣而深刻，手法夸张而不失真实，每个故事都把要表达的讽刺意味融入其中。高度的思想性和艺术性使《儒林外史》成为我国讽刺小说的典范，并使讽刺小说成为清代重要的小说流派之一。

四 熠熠生辉的人物形象

1. 牛郎织女

牛郎和织女是在我国广泛流传的一个爱情故事中的主人公。这个故事讲述了牛郎、织女之间的曲折爱情,激励着一代又一代青年男女追求美好的爱情。

"牛郎""织女"的相关文字最早出现在《诗经·小雅·大东》中,但诗中的"织女""牵牛"只是指天上的星星,并没有演化成爱情故事。汉代的《古诗十九首·迢迢牵牛星》以"牵牛星"与"河汉女"的爱情为题材,说明当时已有相关传说。后来,南北朝时期的《述异记》《荆楚岁时记》里都出现了记载牵牛、织女故事的完整片段,内容大同小异,如后者所记:"天河之东,有织女,天帝之子也,年年织杼劳役,织成云锦天衣。天帝怜其独处,许嫁河西牵牛郎。嫁后遂废织纴。天帝怒,责令归河东,唯每年七月七日夜,渡河一会。"

在后来民间广为流传的故事中,牵牛演变成了凡间的一个穷苦孤儿。他依靠哥嫂过活,被嫂子赶出家后,靠着仅有的一头老牛生活。老牛通灵性,有一天,织女和别的仙女到凡间来嬉戏,在老牛的帮助

牛郎织女

下，织女做了牛郎的妻子。他们男耕女织，辛勤劳作，生了一儿一女，生活过得虽不富有，但十分幸福。不料天帝知道了这事，命令王母娘娘找回织女，使她返回天庭。牛郎又在老牛帮助下追赶织女。王母娘娘拔下头上的金钗，在天空中划出了一条波涛滚滚的银河。牛郎没有办法渡过河去，只能在河边眺望织女。日久天长，他们的爱情感动了喜鹊。喜鹊搭成一道飞跨天河的鹊桥，牛郎织女得以在桥上相会。最终天帝只好允许他们每年七月七日在鹊桥上相会一次。这个故事寄寓着古代劳动人民对幸福生活和美好爱情的向往与追求，后来也成为小说、戏剧等文艺作品的题材。牛郎和织女的动人形象在我国家喻户晓。

2. 孟姜女

孟姜女是我国古代著名民间故事中的主人公，其形象在民间广为流传。孟姜女传说的最初形态可追溯到《左传·襄公二十三年》里的一个故事。这个故事是褒扬杞梁妻（后世孟姜女的原型）在丧夫的哀痛之际，仍然能以礼处事。西汉刘向第一个记述崩城之事。他在《列女传》中先重述了《左传》中杞梁妻的故事，然后续写道：杞梁死后，杞梁妻抱着丈夫的尸体在城下痛苦，哭声十分悲苦，过路人无不难过。十天以后，城墙也因为她的哭声而倒塌了。到了唐代的有关记载中，杞梁妻的故事发生了天翻地覆的转变。杞梁由春秋的齐人变成秦朝的燕人；杞梁妻的名字也出现了，她姓孟名仲姿，或姓孟名姜女；杞梁不再是战死疆场，而是因躲避劳役被捉，而被筑于城墙之内。所以他的妻子要向城而哭。筑于城墙之内的尸骨实在太多了，只有滴血认骨才能辨别死者的身份。后来城墙终于在她的哭声中崩塌，她也找到了丈夫的尸骨。

元代时中国的戏曲十分发达，像孟姜女这样的故事，富有生命力和创作空间，自然而然成为戏曲创作的题材。到了明清时期，孟姜女的故事在民间继续广泛流传。这一故事不仅流传的时间长，而且影响的地域十分广泛。不同的地区对这个故事做了不同的改编，使孟姜女的传说呈现出强烈的地域色彩。2006年,国务院公布首批国家级非物质文化遗产名录,把孟姜女传说的发源地定为山东淄博。

孟姜女贞烈刚强、反抗暴政徭役的光辉形象,反映了人民群众的愿望,具有永久的艺术生命力。

3. 刘兰芝

刘兰芝,东汉末年庐江郡(今安徽怀宁)人,十七岁时嫁给当地的一个小官吏焦仲卿为妻。两人婚后恩爱美满。但焦母容不下她,认为她没有礼节,凡事爱自作主张,命令焦仲卿把她休弃。刘兰芝被休回家后,她脾气暴躁的哥哥逼她改嫁。兰芝无奈,只得应允。在新婚之夜,兰芝投水自尽,焦仲卿亦殉情而死。得知儿子的死讯后,焦母悲恸不已,刘家兄长也非常悔恨。两家将两人合葬在华山(当地的一座小山)上。后来焦仲卿与刘兰芝的墓地,东面、西面植松柏,南面、北面种梧桐。若干年后,树木枝叶繁茂,浓荫覆地,有双栖双飞的鸳鸯穿飞上下,婉转和鸣。许多青年男女来到墓地参拜,祈求获得美满的姻缘。

记叙刘兰芝故事的《孔雀东南飞》,原题为《古诗为焦仲卿妻作》。全诗有三百五十余句,共一千七百余字,控诉了残忍无情的封建礼教,歌颂了焦刘夫妇之间的真挚感情和勇于抗争的精神。这首诗是汉乐府民歌中最杰出的长篇叙事诗,和北朝的《木兰诗》合称为"乐府双璧"。

《孔雀东南飞》成功塑造了刘兰芝、焦仲卿、焦母、刘兄等几个鲜明的人物形象,其中以刘兰芝的形象最为动人。诗中用了许多笔墨来描写刘兰芝的美丽大方、勤劳能干和多才多艺。如此难得的佳人,竟然因为无法博得婆母的青睐,而落得如此凄惨的结局,更增强了诗歌的批判力量。更为难得的是,刘兰芝具有当机立断、永不向压迫者低头的倔强性格,这使她成为古代文学作品中最光辉的妇女形象之一。

如今,《孔雀东南飞》的故事不断地被搬上银幕和舞台,刘兰芝的光辉形象和动人故事依旧能够让人潸然泪下,可见其不朽的艺术魅力。

4. 关 羽

关公，也就是关羽，千百年来一直被人们视为勇武、忠义的象征。历代统治者将他作为忠君爱国的典范，为之立庙祭祀，甚至尊他为"武圣"，与"文圣"孔子并列；民间也将其奉为神灵。

关羽是历史上的真实人物，他是三国时期功勋卓著的名将，为蜀汉政权的建立立下了汗马功劳。但他之所以能被后世奉为神灵，还得益于文学艺术作品对其形象的加工和改造。其中塑造关羽形象最为成功的作品，当推《三国演义》。《三国演义》中的关羽，集忠义、勇武、智慧于一身，因此受到后人推崇。

忠义是关羽主要的性格特征。他不得已投降曹操时，与曹操立下约定，一旦打听到刘备的消息即刻离开。曹操想尽一切办法收买他，他都毫不动摇。得知刘备下落后，他毅然"挂印封金"，千里寻兄，一路上过五关斩六将，终于与刘备相会。对于关羽而言，刘备既是结义兄长，又是君主，所以关羽的行为既是对兄长的义，也是对国君的忠。忠义是古人极为看重的品格，也是关羽形象深入人心的主要原因。

勇武也是关羽的标签。十八路诸侯讨伐董卓时，尚未成名的关羽凭借"温酒斩华雄""三英战吕布"而名扬天下。在以后的戎马生涯中，他斩颜良，诛文丑，单刀赴会，水淹七军，战功赫赫。华佗为他刮骨疗毒，他竟还能谈笑自若，令一代神医赞为天神。这些故事将关羽的勇武表现得淋漓尽致。

《三国演义》中的关羽不仅勇武，而且富于智慧。单刀赴会时，他与鲁肃巧妙周旋，最终全身而退。在如此危急

关羽

的时刻能做到毫不慌乱，巧妙应对，在布防严密的吴军中毫发无伤，足见其机智过人。水淹七军的故事也反映了关羽的智勇双全。他利用天气和地势，以水攻击垮曹操大军，生擒曹军名将于禁，斩杀庞德，取得了辉煌的战绩。

当然，人无完人，《三国演义》也写出了关羽心高气傲、刚愎自用的缺点。这使得关羽的形象更为立体、丰满，避免了人物性格简单化的艺术缺陷。

5. 张 飞

在《三国演义》中，张飞是最为广大读者所熟悉、喜爱的人物之一。其外貌、性格令人印象深刻。

《三国演义》第一回写刘备读了官府招兵的榜文后，慨然长叹。"一人厉声言曰：'大丈夫不与国家出力，何故长叹？'玄德（刘备）回视其人，身长八尺，豹头环眼，燕颔虎须，声若巨雷，势如奔马。"这便是对张飞外貌、声音、气势的描写。寥寥几笔，就将张飞威猛豪爽、霸气十足的特点刻画得淋漓尽致。

张飞是极重情义之人。"不求同年同月同日生，只愿同年同月同日死"，这是刘备、关羽和张飞桃园结义时所发的誓言。关羽死后，张飞说："昔我三人桃园结义，誓同生死；今不幸二兄半途而逝，吾安得独享富贵耶！"他急于为兄报仇，最终为部下所害。

威猛粗豪是张飞的主要特点。斗吕布、战马超、喝退百万曹军，这都表现了他威猛无敌的英雄气概。但他有时过于鲁莽、暴躁，最终也因此招来杀身之祸。不过张飞也不完全是个莽夫，他粗中有细，作战时也会灵活运用策略。诈醉擒刘岱、长坂桥智退曹军、智擒严颜、智破张郃都是他运用策略取得的胜利。

6. 刘 备

在《三国演义》中，刘备是一位集宽仁、忠厚、慈善、好施、善于笼络人心为一体的英雄。他胸怀大志，想复兴汉室；他忠厚仁义，从不做残暴之事。因此，刘备深得人心，笼络了关羽、张飞、诸葛亮等一批顶尖的谋臣武将。刘备进入巴蜀之地后，拉拢当地的豪门士族，发还他们土地和房屋，鼓励农业生产，使他在蜀国更得民心。

识人善用，是刘备突出的性格特点。在刘备创业前期，他势单力薄、颠沛流离。虽然占据过徐州，但两次都失守了。因此，他明白只靠一己之力是不可能在当时动乱的局面中站稳脚跟的。后来他三顾茅庐，得到诸葛亮的辅助，逐渐在群雄四起的东汉末年脱颖而出，建立了蜀国，形成了三国鼎立的局面。礼贤下士、慧眼识才，虽然这是刘、孙、曹三人共有的品质，但在刘备身上表现得尤为突出。

刘备不仅识人善用，而且心胸宽广，宽厚待人。在夷陵之战中，刘备大军溃败，部将黄权率军投降曹魏。当时刘备的大臣、谋士都劝刘备把黄权一家满门抄斩，但刘备并没有这样做，说黄权是迫不得已才降于曹魏，仍像以前那样善待黄权的家人。身为皇帝，有多少人能有刘备这样广阔的胸怀？所以后人都以宽仁评价刘备。

"以德服人"是刘备的人生信条。赵云因何甘心辅佐刘备？他身陷重围，奋力救出幼主刘禅，归见刘备。刘备竟将儿子掷于地上，说道："为汝这孺子，几损我一员大将！"因刘备之德，关羽、张飞、赵云、诸葛亮等人才尽心尽力地拥护他。

7. 诸葛亮

历史上的诸葛亮，字孔明，是三国时期著名的政治家、军事家。他在世时被封为武乡侯，死后追谥忠武侯，东晋政权因其军事才能卓越而追封他为武兴王。代表作有《出师表》《诫子书》等。《三国演义》中的诸葛亮，经过罗贯中浓墨重彩的艺术加工，俨然成为了卓越智慧的化身。

书中的诸葛亮不只上知天文，下知地理，而且具有无与伦比的军事与政治才能，百战不殆。他忠心耿耿，为国为民，鞠躬尽瘁，死而后已，是一位近乎完美的贤相形象。

作者在诸葛亮出场之前，就通过别人对他的评价，大力渲染其旷世之才。刘备多次拜访，都未能见到他，吊足了读者的胃口。后来诸葛亮一出场，就为刘备分析当前局势，"未出茅庐而知天下三分"，令刘备恍然大悟，叹服不已。在联吴抗曹的过程中，诸葛亮先是到东吴"舌战群儒"，说服孙权联合刘备抗击曹操，后来一面与东吴合作抗曹，一面又要应对周瑜等人的算计。要知道，曹操、周瑜都是顶尖的谋略家，诸葛亮周旋于多方势力之间，游刃有余，"草船借箭""三气周瑜"等故事，展现出他非凡的智慧与胆识。后期蜀汉人才凋零，诸葛亮仍以惊人的毅力与才能勉力支撑。"七擒孟获""空城计""巧布八阵图"等情节中依然可见其杰出的军事才能。可惜当时大势已去，诸葛亮也无力回天，最终抱憾而终，令人叹息！

诸葛亮的智慧不仅体现在对敌方面，他在竭力谋划破敌之策的时候，也没忘记调和己方内部的矛盾。能让所有猛将、谋士和睦相处，这也是一种智慧。在治国方面，诸葛亮也具有杰出的才能。他严明法纪，选贤任能，节约资源，发展经济，使国库充实，百姓安居乐业。

诸葛亮以完成汉王朝的复兴为目标，面对"扶不起来的阿斗"，他也决不放弃，依旧竭尽所能，死而后已。这种不屈不挠的精神也令读者感动不已。

8. 曹 操

罗贯中对曹操这一人物形象的塑造是多维度、全方位的。他既是一个生性多疑、心狠手辣的极端个人主义者，也是一位拥有雄才大略的军事家、政治家。

小说中的曹操首先是一个生性多疑、自私残忍的人物。曹操从司徒王允处借来七星宝刀，刺杀董卓未果。在逃跑途中，他经过亲戚吕伯奢家。后来竟因为怀疑吕伯奢要杀他，而杀害吕伯奢全家，还说

"宁教我负天下人，休教天下人负我"。这体现了曹操的残忍、多疑，也使他成为读者心中不折不扣的反面人物。后来，赤壁之战时，曹操也是因为多疑，误信了周瑜伪造的书信，杀死了自己的两名水战大将蔡瑁和张允，使自己在赤壁之战中失利。

小说中的曹操还是一个贪恋权势、骄奢淫逸的人物。他有强烈的个人野心和权势欲望。他"挟天子以令诸侯"，以皇帝的名义发号施令，独揽大权，把持朝堂。他"名为汉相，实为汉贼"，不可一世。汉献帝在曹操的眼里，不过是一个"儿皇帝"，一个傀儡；朝臣在曹操的眼里，不过是装点门面的可供自己利用的工具。只要是曾经反对过他的人，都被他视为眼中钉，必欲拔除而后快。

《三国演义》中的曹操也有英雄的一面。他有雄才大略，见识过人；他知人善用、求才若渴的品格，使得麾下聚集了众多的贤能之士。正是手下文臣武将的运筹谋划和拼死战斗，才使曹操的势力逐步扩大。在官渡之战中，他凭借才智和胆识以弱胜强，打败了袁绍，并先后打败吕布、刘备等豪杰。曹操不愧为乱世枭雄。

同时，从小说的字里行间，我们也可以看出曹操是一个很重情义的人。曹操大败刘备，将关羽困在了土山。曹操因为爱才，并未过分为难关羽。他和关羽约法三章，厚待关羽。在得知刘备的下落后，关羽带着刘备的家眷离开，曹操也并未下令拦截。"过五关斩六将""千里走单骑"既成就了关羽的千古美名，也成就了曹操的美名。

总之，《三国演义》写出了曹操性格的多面性、复杂性，塑造了一个鲜活、生动、丰满、深刻的人物形象。

9. 周　瑜

周瑜，字公瑾，东汉末年著名军事家、战略家。他出身士族，是洛阳令周异之子，丹阳太守周尚的侄子。周瑜与孙策同年出生，交情甚密。后来孙策在狩猎时遇刺身亡，临终前将大权授予其弟孙权。周瑜竭力辅佐孙权，为后来吴国的建立立下了汗马功劳。后在征战途中染上重病，病逝时年仅三十六岁。

在《三国演义》中，周瑜是一位出色的战略家。孙策临终前曾再三嘱咐孙权："外事不决，可问周瑜。"赤壁之战前，周瑜为孙权分析了曹操与孙权两军的胜败关键，他主张与刘备联合，共同抗曹，坚定了孙权联刘抗曹的决心。他利用曹操多疑的特点，巧施妙计，除去了曹军中熟悉水战的蔡瑁、张允；又与黄盖演了一出苦肉计，让黄盖诈降，获得了靠近曹军战舰的机会。曹操中了周瑜的计策，战舰被烧毁，大败而归。赤壁之战的胜利充分展现了周瑜的政治远见和军事才能。

周瑜

《三国演义》中的周瑜还有妒贤忌能、心胸狭窄的一面，这一性格特点最明显地体现在他与诸葛亮的才智比拼上。当他发现诸葛亮的才智高于自己时，便处心积虑要除掉诸葛亮。周瑜企图借曹操之手杀掉诸葛亮，故派他前往聚铁山断曹操的粮道；后又命他十天之内造十万支箭，企图借军法以杀之；诸葛亮借来东风以后，周瑜又派徐盛、丁奉两个将军各带一百人，从水陆两路往南屏山进发，企图以武力杀之……但这些诡计都被诸葛亮一一化解。孙刘联军打败曹操之后，当周瑜与诸葛亮直接交锋时，周瑜的计谋在诸葛亮面前就显得更加不值一提。如围绕着夺南郡、取荆州等进行的明争暗斗，都以周瑜的失败而告终。最后，周瑜在荆州城前被诸葛亮气得大叫一声，箭疮复裂，坠于马下。临到绝命之时，他发出了"既生瑜，何生亮"的长叹。

10. 花木兰

花木兰是我国古代著名的巾帼英雄形象。她忠孝两全，女扮男装替父从军，征战十余载，击败了入侵者。她的故事流传上千年，在我国家喻户晓。

花木兰的形象最早见于北朝乐府《木兰诗》。这首杰出的叙事诗，讲述了一个极富传奇色彩的动人故事：木兰生活在一个战乱频繁的年代。有一年，统治者大规模征兵，军帖上有木兰父亲的名字。但木兰的父亲年老多病，木兰不忍心让父亲上战场，她又没有兄长，只得自己脱下女儿装，披上战袍，替父亲奔赴沙场。从此，木兰像男子一样驰骋疆场。她身经百战，出生入死，屡立奇功。十余年后，战事平息，木兰终于归还故乡，恢复了女儿装。

木兰不顾欺君之罪，代父从军；不顾个人安危，征战沙场。征战十余年，木兰冲锋陷阵，从未在伙伴面前露出任何女子的迹象。

从《木兰诗》到明清戏曲、小说，再到近现代话剧、电影，花木兰的形象越来越丰满。为了使父亲安度晚年，也为了保卫家园，她不顾个人得失，义无反顾地赶赴战场，表现出勇敢、坚毅的英雄气概，千百年来感动了无数人。

11. 宋 江

"眼如丹凤，眉似卧蚕。滴溜溜两耳垂珠，明皎皎双晴点漆。唇方口正，髭须，地阁轻盈；额阔顶平，皮肉天仓饱满。坐定时浑如虎相，走动时有若狼形。"这就是《水浒传》的主人公——宋江。

宋江的第一个特点就是侠肝义胆、义薄云天。小说通过写他义释晁盖、对穷人乐善好施等事迹，正面写出他的仁义；又从知县不愿给他判罪、很多人为他送去免费的酒水、被抓后还有人故意放掉他这些侧面描写，来突出他的侠肝义胆、深得人心。

宋江第二个特点是知人善用，有高超的领导能力。他本身不善文，也不善武，但他的部下个个身怀绝技。吴用、朱武的计谋可谓变化多端、鬼神莫测；卢俊义、林冲、花荣、鲁智深、武松等人则是武林中的精英。宋江以仁义为积淀，加以能人相佐，逐步走上了权力的巅峰。

宋江侠肝义胆、乐善好施，在别人需要帮助时总能出手相助，为人排忧解难，因此赢得了"及时雨"的美誉；因为他面黑身矮，又孝敬老母，为人仗义，便有了"孝义黑三郎"的称呼。

但他一心想要报效朝廷，后来被朝廷招安，带领兄弟为朝廷卖命，落得个悲惨的下场，让读者唏嘘不已。

12. 武 松

武松，绰号"行者"，性格冲动，武艺高强。武松在《水浒传》中首次出场，是在柴进的庄上。当时醉酒的宋江一脚把火里的碳掀到武松脸上，武松顿时大怒，提手便要打人。这足以显示他性格中冲动、鲁莽的一面。

从武松助施恩从蒋门神手中夺回快活林这件事，又可以看出他"路见不平，拔刀相助"的义气豪情。武松得知施恩想要寻求帮助后，二话没说就答应了，可以看出他也是一个根据自己主观意志去行事的人。

武松

景阳冈打虎体现出武松的大胆、勇猛与豪情，使他闻名于江湖；醉酒后不听店家劝阻，贸然上冈，也体现出他鲁莽、冲动的性格特征。

武松为兄长报仇后，竟然去自首。他对邻居说："小人因与哥哥报仇雪恨，犯罪正当其理，虽死而不怨。"他认为为兄长报仇是他本就应该做的事，并不感到后悔，同时他也知道自己的行为是违背法理的，犯了罪就必须接受相应的惩罚。由此可见，武松还是一个敢于承认错误、公私分明的人。他当时还信奉朝廷的律条，是因为他还没有过多地看到统治者的罪恶本质。

在得知蒋门神串通张都监与张团练向自己下毒手之后，武松便大开杀戒。他之所以下此狠手，与曾经放走蒋门神一事有关。他的一念之仁差点让自己丢了命，此事给了武松一个深刻的教训，他也逐渐看清了官场及社会的黑暗。

总的来说，武松仗义正直、爱憎分明，具有强烈的斗争精神，是《水浒传》中最深入人心的人物形象之一。

13. 鲁智深

鲁智深是梁山泊第十三位好汉，在步军头领中排第一位。他原名鲁达，当过提辖，又称鲁提辖。他身上刺满花绣，出家后人称"花和尚"。他长得身长八尺，面阔耳大，鼻直口方，为人慷慨大方，疾恶如仇，爱憎分明，豪爽直率。

他见郑屠（镇关西）欺侮金翠莲父女，三拳将其打死，被官府追捕。逃亡途中，经金翠莲的丈夫赵员外介绍，鲁达到五台山文殊院落发为僧，智真长老赐他法名"智深"。他从此有了安身之处。

后来鲁智深醉酒闹事，无法再在五台山立足。智真长老修书一封，让他去投奔东京大相国寺的智清长老。鲁智深在途中又行侠仗义，大闹桃花村，火烧瓦罐寺。他到了东京大相国寺后，智清长老不敢把他安排在庙里，就派他去看守菜园。一群经常去菜园捣乱的泼皮准备把新来的和尚扔进粪坑里，给他一个下马威。他们拿着礼品，假惺惺地对鲁智深说："我们是街坊邻居，特来祝贺的。"鲁智深见这些人不肯进屋说话，站在粪坑边不动，便有些疑心了。领头的张三和李四跪了下来，想等鲁智深来扶他们时，抓住鲁智深的脚，把他掀翻。但鲁智深的动作更快，嗖嗖两脚，张三和李四就掉进粪坑里。鲁智深把自己的出身告诉那群泼皮，吓得他们屁滚尿流地回去了。第二天他们杀猪买酒，恭恭敬敬地来请鲁智深，嘴里师父长师父短的。正吃着喝着，一棵杨柳树上乌鸦哇哇乱叫起来。张三说乌鸦叫不吉利，李四就要拿个梯子去拆乌鸦窝。鲁智深说："哪要什么梯子！"便脱了衣服，走到树下，弓下身去，右手在下，左手在上，腰部一使劲，竟将柳树连根拔起！从此，这群泼皮对鲁智深心服口服，每天拿酒菜来款待他。

鲁智深在东京结识了林冲。后来林冲被高俅陷害，发配沧州。高俅还指使两个解差在押解途中害死林冲。鲁智深担心林冲被害，一路暗中保护他。到了野猪林，两个解差要动手害林冲时，鲁智深及时出手，救了林冲一命，后来又一路护送林冲，使他平安到达沧州。鲁智深因此得罪了高俅，在东京难以安身，只能流落江湖，在二龙山落草，后归梁山。

梁山接受朝廷招安，征讨方腊大功告成后，鲁智深不愿接受朝廷封官，在杭州六和寺出家，后在寺中圆寂。

鲁智深性格单纯朴实、疾恶如仇，敢于同恶势力斗争到底，并具有一定的斗争经验。他是《水浒传》中最光辉的人物形象之一。

14. 林　冲

林冲绰号"豹子头"，是梁山一百零八将中排名第六的好汉，马军五虎将之一。

林冲是被逼上梁山的典型。他原本是东京八十万禁军教头。妻子去东岳庙上香时，被太尉高俅的养子高衙内调戏，林冲喝止，高俅与高衙内记恨在心，便设计陷害他，令他带刀进入禁军重地。林冲百口莫辩，被刺配沧州，途中又差点被高俅的手下杀害，幸得鲁智深"大闹野猪林"相救。后来他被发配看守草料场，却又遭到高衙内亲信放火陷害。林冲辗转得知自己又被设计，终于忍无可忍，杀死了陷害他的三人，怀着一腔愤恨上了梁山，加入了反抗朝廷的队伍。

林冲性格的发展，主要分

林　冲

为三个阶段：一是最初在官场，隐忍少言，不得罪官僚，对朋友讲义气；二是被陷害后，开始对官场和人生重新审视，却没有放弃对朝廷的幻想，虽无机会展现身手，但仍然留在体制之中；三是逼上梁山之后，彻底与朝廷决裂，成为敢爱敢恨、坚强不屈的勇士。林冲的改变也暗示了作者的观点，即对于腐败的朝廷，只有彻底反抗才能摆脱困境，一味地隐忍只会让自己走投无路。

15. 窦 娥

窦娥是元代剧作家关汉卿杂剧《感天动地窦娥冤》里的主人公。

她是贫儒窦天章的女儿，因为父亲需要钱来还债、进京赶考，她便被卖到蔡婆婆家做童养媳。后来丈夫早逝，她便与蔡婆婆相依为命。然而，就连这相依为命的清苦日子也没有维持多久。张驴儿父子盯上了窦娥，便想毒死蔡婆婆，霸占窦娥。不料，有毒的饭菜被张驴儿的父亲吃了，将他当场毒死。张驴儿便诬告窦娥杀人。为了不让婆婆受严刑拷打之苦，窦娥许下"六月飞雪、血飞上白练、楚州三年大旱"三桩誓愿，认罪被判死刑。后来三桩誓愿一一应验。她的冤情直到其父做官回来才得以昭雪。

窦娥是封建时期受压迫妇女的典型，骨子里有着强烈的反抗精神。最初，她只是被迫无奈，被卖做童养媳。婆婆喜欢她，待她极好。她也孝顺贤惠，在丈夫死后尽心供养婆婆，并不抱怨命运，也不嫌弃日子清苦。而她的反抗性格的爆发，就从张驴儿开始骚扰她们开始。她有自己做人的准则，不论生活多么清苦，也决不做有违原则的事。她虽是一介弱女子，但顽强地与恶势力做斗争，毫不屈服。直到被诬告到了官衙，她仍然极力抗争，极其倔强。在婆婆受刑之后，她内心痛苦万分，最终不忍心再战斗，便自己顶下罪名。但她的认罪也不是颓败的认罪，而是坚决地对天地鬼神发起了控诉，许下的三桩誓愿感天动地。最终，她轰轰烈烈地奔赴刑场。而就在去刑场的路上，这样刚烈的女子还惦记着婆婆，怕她看见自己受刑，经不起打击。窦娥的悲剧性正在于她自觉地符合贞洁、孝顺的封建伦理，最终却被封建社会冤杀。

窦娥性格鲜明,她的故事极具悲剧色彩,甚至成了"冤屈"的代名词,千百年来感动了无数人。

16. 杜十娘

杜十娘是明代小说家冯梦龙的小说《警世通言·杜十娘怒沉百宝箱》中的主人公。

她是当时京城的"教坊名姬",美丽、善良而又聪慧,无奈十二三岁便被卖到青楼,过了七年屈辱的生活。她万分渴望过上平常百姓的生活。一日,富家子弟李甲来到青楼。杜十娘与李甲一见钟情,欲对李托付终身,不料受到重重阻碍。一方面是李甲的父亲不同意李甲娶青楼女子,修书命他抓紧返京;另一方面,青楼的鸨母见李甲的银子都花光了,便要他拿出三百两银子来赎十娘。于是,十娘便将自己积蓄的一百五十两给李甲,李甲又借得一百五十两,将银子交给鸨母。鸨母见状当场反悔,十娘便斩钉截铁地告诉鸨母,如果不放走自己,她就自尽,到时候人财两空。这样,十娘与李甲才一起离开了这里。十娘带着她的百宝箱,路途中的费用都是从百宝箱中所出,李甲十分感激。不料,二人渡江之时遇见了浪荡子弟孙富。孙富想将十娘占为己有,便找李甲商量,以千金作为交换。李甲想到自己身无分文,父亲又不同意,竟然应允了孙富。十娘伤心欲绝。她假装应允,等孙富送来千金后,她打开了自己的百宝箱。箱内之物价值何止万金!李甲极为震惊,哀求十娘谅解,但十娘心灰意冷,将百宝箱扔进江中,然后跳江自尽。

杜十娘虽是生活在社会最底层的女子,但她洁身自好,追求最平凡的自由和爱情。然而,她最期待的东西被她最信任的人践踏得一文不值。李甲的见利忘义使她彻底绝望。她的纵身一跃,是对残酷现实的悲情控诉,她的高尚人格也在这一刻展现得淋漓尽致。杜十娘也成为我国古代文学史上最为光彩夺目的女性形象之一。

17. 白素贞

白素贞是我国古代传说《白蛇传》中的主人公。关于她的最早的成型故事，是明代冯梦龙的《警世通言·白娘子永镇雷峰塔》。这篇小说讲述的是杭州药商许宣（后来的传说中演变成"许仙"）在西湖渡船时，遇见了千年蛇妖化成的白娘子，即白素贞。不久，天降大雨，许宣将伞借给白娘子。在去白娘子家取伞时，许宣被白娘子勾引成婚。白娘子将盗用的官银给许宣使用，许宣因此多次被抓。后来白娘子的身份被许宣识破，白娘子以全城人性命相威胁。最后法海制服了她，并将她镇压在雷峰塔下。

后来，经过长期的发展演变，白素贞的传说已和最初的版本完全不同。白娘子为了报许仙前世的救命之恩，来到许仙身边，和他开药铺，用自己的法术为大家治病，让许仙成为远近闻名的神医。后来，法海和尚从中破坏，抓走许仙来要挟白素贞。白素贞不得已，水漫金山寺，才救出许仙。她不敌法海，将要逃走之时，听到她和许仙之子许仕林的一声啼哭，又从逃走的路上返回来，落入了法海的陷阱，被关进了雷峰塔。后来，许仕林考中状元，去看望白素贞，却无法改变母亲的命运。数百年后，她的义妹小青烧毁雷峰塔，才将她救出。

如此，白素贞也成为了贤妻良母的理想形象。她美丽、善良、法术高超，与丈夫更是相敬如宾，共同经营着一个几乎完美的家庭。白娘子的爱是伟大的，她为了丈夫甘愿付出自己的一切。在端午节不慎变回原形，吓死许仙后，她不惜硬闯天宫，冒着粉身碎骨的危险求取灵芝，救活了许仙。她也说过"只要官人福寿全，自己宁可不成仙"的感人言语。而她之所以演变成今天这样善良、光辉的形象，是因为她寄托了人们对幸福生活的向往。

18. 孙悟空

孙悟空是《西游记》中的主人公。这本书讲述了孙悟空一行人帮助唐僧取经的故事。孙悟空一路降妖除魔，尽显英雄本色，是书中塑造得最为成功的人物形象。

他本是一只从石头中蹦出来的猴子，从菩提老祖那里学来了七十二变和翻筋斗云的高超本领，后来因为大闹天宫，被如来压在五行山下。五百年后，唐僧把他解救出来，一起去西天取经。孙悟空一路保护师父，历尽各种磨难，最终取得了真经。

孙悟空敢于斗争，藐视一切权威。他出世以后过着不服麒麟辖，不服凤凰管，又不服人间拘束的自由自在的生活。在龙宫，他几次三番找龙王要武器，最终把定海神针——如意金箍棒取走，闹得龙宫不得安宁。后来在天庭做官，他又大闹天宫，把天兵天将打得落花流水，将玉皇大帝吓得惊慌失措。孙悟空这种大胆叛逆、追求自由的性格被表现得淋漓尽致。

他还疾恶如仇，重情重义。他仇恨一切残害百姓的妖魔鬼怪，对受苦受难的老百姓和善良的人们有着深厚的感情。在比丘国，他降服了白鹿精，救了一千多个小孩的性命。在隐雾山，他打死了豹子精，救出了贫穷、可怜的樵夫。他三借芭蕉扇，熄灭了火焰山的大火，既打通了西行的道路，又救助了当地的穷苦百姓。白骨精三次扮成好人接近唐僧，一心想要吃唐僧肉，但都被孙悟空的火眼金睛看穿，于是他挥棒打跑了白骨精。唐僧固执地认为孙悟空伤害好人，把他赶走了。最后白骨精抓走了唐僧，被师父撵走的孙悟空又回来救出了师父。这体现了孙悟空对师父的忠心耿耿和重情重义。

孙悟空还拥有广大的神通和超凡的智慧。他有厉害的火眼金睛，有神奇的七十二变，有一个跟头翻十万八千里的神通，还有一件大小随意变化的武器——如意金箍棒。但他不因自己神通广大就放松警惕，相反，他能够在异常复杂的情况下，迅速发现疑点，揭开妖魔的

孙悟空

四 熠熠生辉的人物形象

面具。

孙悟空这一形象凝结着古代人民的斗争经验和智慧，是正义、机智、勇敢的化身。

19. 唐　僧

《西游记》中唐僧的性格特点是坚韧、慈爱、有领导力，又软弱、易焦虑。

作者着力塑造了唐僧这一具有执着追求、性格坚韧不拔的人物形象。他信念坚定，虽然历尽磨难，但从未想过退缩。

唐僧在取经路上先后收了三个徒弟，他们的性格各不相同：悟空神通广大、机智勇敢，却顽皮、叛逆；八戒憨厚忠实却自视清高，又好吃懒做；沙僧任劳任怨，但缺乏主见。这三个人就像三根木棍，无法自行聚拢在一起，只有用一根绳子才能让他们牢牢地抱在一起，而唐僧就是那根绳子。从整部书来看，唐僧确实具有领导能力。他对待自己的徒弟仁德厚道，而且一碗水端平，奖罚分明。他尊重每一个人，不会拿自己的徒弟开玩笑，并教导徒儿"要以慈悲为怀"。同时，唐僧善于发现徒弟的潜能，并给他们分配合适的任务。悟空机灵活泼且本领高强，唐僧就让他探路，为全队保驾护航；八戒忠实但好吃懒做，唐僧就让他去化缘；沙僧吃苦耐劳，唐僧就分配给他牵马、挑行李的任务。有这么一位有才有智的师父，这个取经团队当然是出色的。

唐僧性格的缺点也很明显。在小说中，他给人的一个印象是软弱。在取经路上遭遇劫难时，唐僧的第一反应就是："悟空，快来救我！"但大多数时候，唐僧还是会被妖魔抓去。他这种软弱无能、任人摆布的性格，有时会显得很可笑。而他那种不被磨难吓退、不为财色所惑、不达目的绝不罢休的坚定信念，又令人十分敬佩。

唐僧的性格是多面的，这使这一人物形象更加真实，也能给我们一些启示：在遇到挫折时，必须坚定信念，克服软弱，拿出自己最勇敢的一面，战胜挫折。只有这样，人生才会出彩。

20. 猪八戒

猪八戒的形象是肥头大耳、憨厚质朴而又好吃懒做、贪财好色。在西天取经的师徒四人中,他是最不像出家人的了。但他又是《西游记》中给人带来最多快乐的角色。

猪八戒最大的爱好就是吃。《西游记》第四十七回,陈家庄的仆人这样评价猪八戒的吃相:"爷爷呀!你是磨砖砌的喉咙,着实又光又溜。"第六十二回,在光禄寺的国宴上,"八戒放开食嗓,真个是狼吞虎咽,将一席果菜之类,吃得罄尽。少顷间,添换汤饭又来,又吃得一毫不剩。巡酒的来,又杯杯不辞"。他还很爱美女。他因调戏嫦娥被贬,错投胎为猪;还在高老庄抢了高家的女儿。因为这些缺点,他经常被师父责骂,被悟空捉弄。但八戒从不掩盖自己的喜好,他率直憨厚,常常把人逗得哈哈大笑。

他还喜欢说一些幽默风趣的话。比如第六十九回,当八戒看到悟空为给朱紫国国王一人制药,而要了八百多味药材后,调侃道:"师兄,我知道你了……知你取经之事不果,欲作生涯无本,今日见此处富庶,设法要开药铺哩!"

八戒样子并不好看,但他从没有自卑过。当别人被他的容貌吓得魂飞魄散,嫌弃他时,他却一本正经地说:"你若以相貌取人,干净差了。我们丑自丑,却都有用。"

在西行的路上,他的憨厚老实和孙悟空的机灵敏捷形成鲜明对比。悟空经常捉弄八戒。但当师父有难时,悟空总是冲在最前面,而八戒也充分信任自己的大师兄,尽心竭力地帮助他。如果说孙悟空是一位领头将军,那猪八戒就是跟在后面的忠诚士兵。

其实,猪八戒就像我们大多数人,坦率真诚,喜欢吃喝玩乐;但

猪八戒

当责任真的落到肩上时，我们也有勇气和力量去承担。

21. 沙　僧

沙僧在师兄弟三人中是最不起眼的那个，但他也是这个团队里不可或缺的一员。沙僧的身上有许多美德，如忠厚诚恳、默默奉献、勤劳稳重、任劳任怨；也有自身的弱点，如逆来顺受、缺少主见等。他的存在调和了取经团队内部的矛盾，保证了取经的顺利进行。所以说沙僧的存在，无论从人物形象、故事情节，还是从结构设置上看，都起到了完善《西游记》的作用。

在第四十三回里，沙僧也表现出了自己知难而上的精神。师徒四人行到黑水河时，唐僧被妖精掠走。悟空说，应该是妖怪弄风，把师父拖下水去了。沙僧听到悟空的话，立即表示："哥哥何不早说，你看着马与行李，等我下水找寻去来。"悟空见水色不正，恐怕沙僧下去后有危险。沙僧却说："这水比我那流沙河如何？去得，去得！"于是他"脱了褊衫，札抹了手脚，抡着降妖宝杖，'扑'的一声，分开水路，钻入波中，大踏步行将进去"。尽管他的能力并不大，但为了师父的安全，他拼尽全力，敢于与妖怪殊死搏斗。不顾自身安危，知难而进，表面上看是勇敢，其背后则是深深的责任感。沙僧心怀信念，充满责任感，尽力完成哪怕是自己不可能完成的任务。这样的精神，值得我们学习。

沙僧是取经途中让师父操心最少的一个。他是个忠诚的卫士，肩挑重担，从没有半句怨言。当悟空与八戒闹矛盾时，也是他从中调解。当师父遇到危险时，他毫不犹豫地挺身而出，冒死相救。尽管平时寡言少语，但在保护师父的战斗中，他冲锋陷阵，无比英勇。

22. 林黛玉

林黛玉是《红楼梦》的女主人公，金陵十二钗之首，西方灵河岸绛珠仙草转世。她还是贾母的外孙女，贾宝玉的表妹、恋人、知己，贾府称她"林姑娘"。她容貌倾国倾城，聪慧绝人，兼有旷世诗才，是世界文学作品中最富灵气的经典女性形象之一。

　　林黛玉父母早亡，贾母将她接到贾府居住。林黛玉与贾宝玉青梅竹马，由共同的志趣逐渐发展为爱情。她与贾宝玉共读《西厢记》，后来独自回房时又听到十二女伶演习《牡丹亭》，内心感动，不觉落泪。从此宝玉、黛玉的爱情开始萌芽。后来宝玉在与黛玉谈禅之时吐露心声，发誓绝不变心。贾府接连失去两大靠山后，为了给贾宝玉冲喜，贾母与众人商议宝玉、宝钗的婚事。消息意外被人泄露，黛玉心急吐血。宝玉、宝钗大婚之时，林黛玉含泪而逝。

　　因寄人篱下，林黛玉对身边的一切事物都是小心谨慎。她刚到贾府时，对身边的一切都不适应，"因此步步留心，时时在意，不肯轻易多说一句话，多行一步路，唯恐被人耻笑了她去"，"黛玉见了这里许多事情不合家中之式，不得不随的，少不得一一改过来"。

　　林黛玉生性孤僻，不喜与人交谈。家中只有她一个独女，无人玩闹，才造就了她这般的性格。她多愁善感，又常年体弱多病，感到自卑，这使她生成了猜忌别人的心理。她创作的诗词大都是围绕着死、老、离别等忧伤主题，可见自小的体弱多病与忧郁性格给她带来的烦恼。

黛玉初入荣国府拜见贾母

曹雪芹笔下的林黛玉个性鲜明，形象丰满，是我国古代文学史上最动人的人物形象之一。

23. 贾宝玉

贾宝玉是《红楼梦》的男主人公，他是赤霞宫神瑛侍者转世，衔玉而生于荣国府。他是贾政和王夫人的次子，玉字辈嫡孙，也是大观园中唯一的男性，故而深受贾母疼爱。

女娲补天的时候，炼成三万六千五百零一块灵石，剩下一块未用到，便置于青埂峰下。那灵石通灵性，幻化成人形，被太虚幻境警幻仙子召为神瑛侍者。他却独爱行走在灵河岸边，日夜浇灌绛珠仙草。这株仙草对神瑛侍者感恩戴德，便立誓转世为人，用一生的眼泪来偿还。后来仙草便转世成林黛玉，与神瑛侍者转世的贾宝玉自幼青梅竹马。宝玉视黛玉为真正的心灵相通的知己。

贾宝玉性格上最大的特点是叛逆。他对贵族家庭内部的勾心斗角和腐朽糜烂感到厌恶，而对身边善良、纯洁的女孩子的悲惨命运抱有同情。他反对科举功名，反对纲常礼教，不愿走家人给他规划好的人生道路，而追求自由平等。他厌恶封建官宦的贪赃枉法，嘲笑四书五经里的顽固思想，不爱读圣贤书，不思求取功名，看似不务正业，实则正是反对封建礼教的叛逆者、反抗尘世命运的孤独者。但他终究是贵族公子哥儿，对封建礼教的叛逆和抗争不可能是彻底的。在经历变故之后，宝玉最终抛弃功名富贵，出家修行去了。

24. 薛宝钗

薛宝钗是《红楼梦》的主要人物之一，后来成为贾宝玉的妻子。

薛宝钗出生在金陵城四大家族中的薛家，父亲早逝，母亲是薛姨妈，兄弟薛蟠。宝钗容貌绝美，但她从娘胎里就带来一种世俗之"毒"，故赖头和尚为她开出"冷香丸"的药方，她在服用之后便也克制自己对于世俗之事的追求。宝钗自小熟读史书，广泛涉猎文学、艺术、诸子百家、佛学等领域，知识渊博，举手投足也是大家之气，

宝玉、宝钗成婚

并且对世事洞察透彻。她虽出身富贵，但不沉迷于富贵，不喜欢华丽的衣饰和闲散的生活。所以她的气质中既有牡丹一般的国色天香，又不居高自傲，而是关心、体谅他人，是一位品行、智慧、美貌俱佳的少女形象。

　　然而，在封建教育之下，宝钗难免受封建礼教的影响。她一直鼓励贾宝玉求取功名利禄，令这位反叛封建、嘲讽世俗的公子十分不耐。而黛玉却与宝玉心意相通，看法一致。所以虽然最终宝钗嫁给宝玉，宝玉却始终心系黛玉，宝钗和宝玉并没有真正相知相爱。在贾府没落后，宝玉深深陷入了对过去的怀念与对黛玉的追忆中，最终出家。这也导致宝钗陷入了无尽的绝望与痛苦。但宝钗身上所具有的优秀品质，又是当时封建官僚阶层中难能可贵的，蕴含着作者对世人少贪欲、多净心，少执念、多慈悲的引导与期许。

25. 王熙凤

　　王熙凤是《红楼梦》中的主要人物之一。她精明，狠毒，泼辣。有人说，她太看不开了，爱钻牛角尖；也有人认为她是很值得可怜的一个人，因为她的性格大部分是形势所迫而形成的。

　　王熙凤生在大家族王家。王夫人、薛姨妈都是她的姑妈。书中说她无父无母，只有王仁一个亲哥哥。可是她的哥哥不仅帮不上她，还到处找她帮忙。这样的家庭环境致使王熙凤极度缺乏安全感，所以她极为强势，什么都要控制。

后来，她嫁给了贾府的贾琏，家里大大小小的事都要她一个人管。房子的打扫修补、宝玉在书房里的零花钱、丫头们的月钱、夫人小姐们的衣服首饰脂粉钱、土地房屋的租金、在院子里游玩的一项项设施，还有许多突发事件，哪一件不得她筹划处理？李纨不仅不管事，还给她添事，有谁可以帮她呢？下面的人个个都是难缠的主，都在盯着她，等着抱怨，等着看笑话。

黛玉的身体不好，王熙凤的身体其实也不好。黛玉可以不去请安问候，可是凤姐呢？她是最要强、最好胜的，她不能让别人嘲笑她。

王熙凤的聪明才智是有目共睹的。在这样一个拥有几百口人的大家族里，她四处周旋，八面玲珑，灵活地处理极其复杂的人事关系。也只有她能东借西挪，应付入不敷出的浩繁开支。她对贾府的种种弊端及危机心明眼亮，处处表现出办大事的魄力和本领。

她看不开，放不下，最后只能随着这个破败的大家族一起消亡，却得不到一点应有的叹息。

26. 刘姥姥

刘姥姥是《红楼梦》中的一个人物。她并非书中的主要人物，但作者将她的形象塑造得十分成功，令人印象深刻。在情节的发展上，这个小人物也起到一定的作用。

刘姥姥来自乡下贫困的农家，她朴实善良、风趣幽默而又深谙世事、充满智慧。她进荣国府时被府里的人笑话、嘲讽，但在贾家败落的时候，她救下了王熙凤的女儿巧姐。

她是一个寡妇，其中一个女儿嫁给了与王夫人（贾宝玉之母）娘家连过宗的王狗儿，便与贾家沾上这些许亲缘。刘姥姥家中只有两亩薄田，整日为女婿王狗儿操劳。无奈年关将近，家中实在贫寒，走投无路之时，刘姥姥运用了她的智慧：谋事在人，成事在天，去投靠荣国府，万一菩萨保佑，便可以解一时之困了。所以，刘姥姥来到荣国府，用质朴而高明的办法，奉承周瑞家的，进而巴结了王熙凤，得到了救济。后来她又多次顺应故事主线进贾府，完成探望王熙凤、解救巧姐等一次又一次的使命。刘姥姥见证了贾府由兴到衰、由荣到辱的过程，她用自己的智慧获得了贾府的接纳，并用她的善良质朴帮助了贾府。

刘姥姥是一个陪衬的角色，衬出贾母、王熙凤、贾宝玉、林黛玉等人物性格的不同侧面，使这些人物形象更为立体、丰满。她又是一个极具艺术魅力的独立的人物形象。她极识时务，小心地伺候着、抬举着贾府中人，是《红楼梦》中一个充满智慧的形象。她从贾府兴衰里看透了世事无常，不言不语地用行动来报答贾府。最终，她才是走得最长远的那一位智者。作者通过她的眼光真正客观地去描述大观园的豪华、壮丽，贾府的奢靡、贵气，并用她的言行、故事来衬托贾府人的虚荣心、自尊心，从而对比出两个阶级的巨大差异，以及权贵阶级败落后的凄惨。

刘姥姥一进荣国府

五 风格各异的文学流派

1. 田园派

田园派是中国古代重要的诗歌流派，指以描写田园生活、山水景物为主要内容的诗歌创作。田园派的开创者为东晋诗人陶渊明，其反应田园风光和生活的田园诗，开创了诗歌创作的一个重要方向。南朝宋诗人谢灵运描绘山水风情的山水诗也是该流派的重要组成部分。唐宋两代，不少诗人均效法前人，创作了大量的田园诗，将田园派发扬光大。这一时期的代表人物有王维、孟浩然、韦应物、范成大等。

田园派的主要艺术特征是注重对自然美的捕捉和展现，善于细致入微地刻画自然事物的动态，能够巧妙地捕捉适于表现其生活情趣的种种形象，构成独到的意境。移情入景、以景写情是田园诗派的经典技法。田园诗往往蕴含一种闲适淡泊的思想情绪，既是一种新的写作风格，又暗含了一种回归自然、回归本心的生活态度。

田园诗的代表性作品有陶渊明《归园田居》、王维《鹿柴》、孟浩然《过故人庄》、范成大《四时田园杂兴》等。

2. 边塞派

边塞派是盛唐时期一个重要的诗歌流派，主要由一批具有从军或边塞生活经历的诗人所创作。代表性诗人有高适、岑参、王昌龄等，另外，李白、杜甫、王维、李颀、崔颢、王之涣、王翰等也有边塞诗名篇传世。

古代边关战争频发，有一大批将士戍守边关，这种社会现实为边塞诗的产生提供了必备的条件。边塞诗主要是描写战斗场面或边塞地区独特的风土人情及自然景观,同时也表现守边将士的爱情热情,并关注战争带来的各种矛盾,如生死、离别、思乡、闺怨等。由于描写对象比较特殊,这一类诗歌多风格悲壮,格调雄浑,即便是夹杂着思念的意绪,往往也被一种崇高的气势和悲壮的情怀所掩盖,别具风味和美感。

边塞诗的代表性作品有高适《燕歌行》、岑参《白雪歌送武判官归京》、李白《关山月》、杜甫《前出塞》、王维《使至塞上》、王翰《凉州词》、王昌龄《出塞》、王之涣《凉州词》等。

边塞诗在唐代蔚为盛行,仅《全唐诗》中收录的就有两千多首,是唐代重要的诗歌流派。

3. 花间派

花间派是晚唐五代时期的词派,其名称来源于后蜀赵崇祚所编词集《花间集》。该词集共十卷,收录晚唐五代时期十八位词人的五百首作品。它是我国最早的文人词总集,影响很大。词集中所选作品的内容多写贵族女子的妆饰容貌和日常生活,风格艳丽,这是花间词的主要特点。花间派词人中影响较大、成就较高的是温庭筠和韦庄,其余词人受此二人影响较大。《花间集》将温庭筠排在首位,并收录其

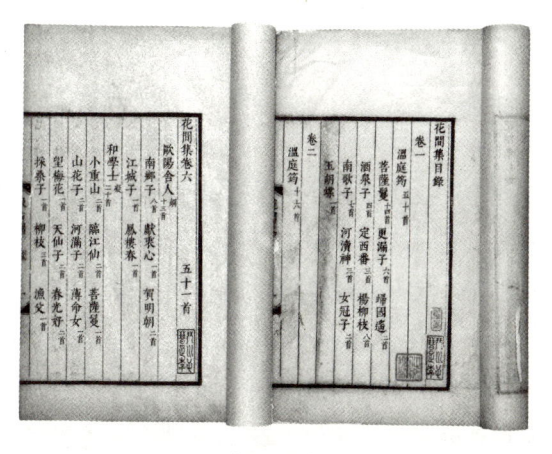

《花间集》

作品六十六首，收录韦庄词四十八首，由此可见，两人的创作在该流派中居于主要地位。

花间派在语言运用上常常堆砌辞藻，文风华丽，同时追求炼字炼句，韵律工整，对词的发展起到一定的积极作用。但在内容上，该流派以歌咏妇女闺怨、男女之情为主，兼及歌舞酒席，题材狭窄，内容空虚，缺乏现实意义。

五代十国的混乱局面和腐败政治是滋生花间词风的重要原因，君臣纵情享乐，苟且偷安，助长了这种倾向。

花间词在内容上的空洞无聊是制约这一流派进一步发展的重要原因；但作为早期词的一种形态，花间词对于词的发展的积极意义也不应被忽视。

4. 江西诗派

江西诗派是北宋时期重要的文学流派，以黄庭坚、陈师道为主要代表人物。该流派的命名源自吕本中《江西诗社宗派图》。吕本中列举了此流派的二十五位主要成员，并称其为"宗派"，因其领袖人物黄庭坚是江西人，故名之为"江西诗派"。该流派的命名虽然带有地域性，但其成员并不全是江西人，成员的界定主要是依据他们的文学观念和创作风格。此流派成员大多接受过黄庭坚的指点，受其影响较为明显。

该流派在继承关系上有"一祖三宗"的说法。"一祖"为杜甫，"三宗"为黄庭坚、陈师道、陈与义。该流派推崇黄庭坚"点铁成金"的诗学理念，注重推敲文字，炼字制句颇有杜甫苦吟的神韵。同时追求瘦硬奇谲的艺术风格，且在韵律上十分讲究。因此，江西诗派被认为是一个十分注意形式的文学流派。

江西诗派对诗歌的发展影响深远，它对韵律的考究和对字词的推敲，是古代诗歌发展中的一个重要环节，对宋代后来的诗人如杨万里、陆游等有重大的影响。但由于该流派过于强调炼字制句，片面追求"无一字无来处"，缺乏创新性，使得诗歌创作在后来走上晦涩、偏僻的道路，脱离了现实生活。这是该流派自身无法克服的痼疾和逐渐式微的重要原因。

5. 婉约词派

婉约与豪放是宋词的两大主要风格。婉约词的主要艺术特征是词风婉转柔美、含蓄蕴藉、语言圆润，与晚唐五代时期的花间词有继承关系，但在语言上较之花间词更为清新典雅，较少脂粉之气。在内容上，婉约词题材相对集中，主要描写离愁别绪、男欢女爱、闺怨伤怀等内容。另外，婉约词注重声律，音韵和谐，每一首词与音乐搭配之后都是一首优美可唱的曲子，具有很强的感染力，因此传播范围极广。如"凡有井水处，皆能歌柳词"的说法，就说明了婉约词代表作家柳永的词流传极为广泛，同时说明了在宋代词是与大众结合非常紧密的文体。

婉约词集

婉约词派的代表作家有柳永、晏殊、秦观、周邦彦、李清照、姜夔等。柳永《雨霖铃·寒蝉凄切》《八声甘州·对潇潇暮雨洒江天》《望海潮·东南形胜》，晏殊《浣溪沙·一曲新词酒一杯》《蝶恋花·槛菊愁烟兰泣露》，秦观《鹊桥仙·纤云弄巧》《满庭芳·山抹微云》，周邦彦《苏幕遮·燎沉香》，李清照《一剪梅·红藕香残玉簟秋》《如梦令·昨夜雨疏风骤》《声声慢·寻寻觅觅》，姜夔《扬州慢·淮左名都》等，都是婉约词的经典篇目。

在宋代词坛，更具艺术气息的婉约词长期占据正统地位，比豪放词影响力更广。

6. 豪放词派

豪放词泛指词风雄浑壮阔、气象恢弘、不拘格律、充满豪放之气的作品。在内容上，该类词作常常借古喻今，摄入国家大事或现实生活，具有较强的现实性。具体地讲，北宋时期的豪放词多表达词人在封建专制体制下受压抑的心灵渴望解放的欲求；南宋的豪放词，由于当时政治上的弱势和战火连绵，多展现词人忧国忧民的情怀和献身沙场的壮志。

豪放词派的代表作家有苏轼、贺铸、辛弃疾、张孝祥、陆游、陈亮、刘过等。其中以苏轼、辛弃疾最为著名。相比较而言，苏词更为清新奔放，辛词更为雄浑高远，可谓各有千秋。苏轼豪放词的代表作是《念奴娇·赤壁怀古》，视野宽阔，意境雄浑；辛弃疾豪放词的代表作是《永遇乐·京口北固亭怀古》，意境苍凉，格调悲壮。后世常将二人并称为"苏辛"，除文学成就均较高外，在词风上同属豪放一脉也是原因之一。除苏、辛二人的词作外，豪放词还有一些名篇，如张孝祥《六州歌头·长淮望断》、陈亮《贺新郎·寄辛幼安和见怀韵》、岳飞《满江红·怒发冲冠》等。

值得注意的是，同一词人的作品也可能兼有豪放和婉约两种风格。如苏轼有婉约词《水龙吟·次韵章质夫杨花词》，辛弃疾有婉约词《青玉案·元夕》，而李清照有豪放词《渔家傲·天接云涛连晓雾》等。由此可见，我们常说的婉约派词人、豪放派词人，只是就其整体的创作风格而言的。

7. 秦汉派

秦汉派又称"七子派"，是明代重要的文学流派。弘治、正德年间，文坛上出现了主张"文必秦汉，诗必盛唐"的前七子，代表人物为李梦阳；嘉靖、万历年间，文坛上又出现了提倡"文必西汉，诗必盛唐"的后七子，代表人物有李攀龙、王世贞。由于前后七子在作文方面都提倡学习秦汉，故得名"秦汉派"。

秦汉派对明初以来形成的文学风气不满，提出主情理论，主张发挥作者的主观能动性，移情入文。同时他们注重对文学艺术体制的创新和建设，要肃清长期以来理学风气及台阁体所造成的负面影响，重新给文坛注入活力。他们还重视民间通俗文学，提出"真诗在民间"的理念，显示出一种可贵的平民意识。这些新鲜理念都体现了该流派求异创新的变革欲求和对于文学本质的独特理解。但由于该派作家在文法上过度强调对古人的模仿和借鉴，因此未能将自己求真写实的文学理念运用于创作实践中，反而为拟古所拘囿，逐渐走向了僵化，成为后来兴起的唐宋派批判的对象。

8. 唐宋派

唐宋派是一个活跃于明代嘉靖年间的文学流派，因该派作家极力推崇唐宋古文而得名。唐宋派的出现与当时文坛流行的复古主义思潮有密切联系。前后七子主张散文效仿秦汉，实际上是打着尊崇古文的旗号进行大量的模仿和抄袭，一味追求形式上的工整雅丽，创作了大量缺乏创新精神和思想内容的文章。唐宋派则对这一弊病进行了深刻的反省和改进，提出"文道合一"的主张，力避简单的模仿和空泛的言说，在行文上也一改复古派晦涩沉滞之风格，代之以明白晓畅、通俗优美的文风。这一流派的代表人物有归有光、王慎中、唐顺之、茅坤等人，其中归有光为集大成者。他的散文不加雕饰、简洁自然，又能将情理植于文中，具有很强的美感。名篇《项脊轩志》《寒花葬志》是他的代表作。

唐宋派的理论和创作对于纠正当时的文坛弊病有着积极的作用。但由于自身也存在一定的局限，唐宋派并未能真正改变当时文学的流向，在明代后期逐步式微。尽管如此，他们的一些先进的文学理念仍然被后人所吸纳，比如清代桐城派就较多地继承了这一流派的文学主张和艺术风格。

9. 公安派

公安派是明代后期的一个重要文学流派，主要活跃于万历年间。代表人物为袁宗道、袁宏道、袁中道。此三人为兄弟，公安（今湖北公安）人，世称"公安三袁"，因籍贯又被称为"公安派"。公安派的重要成员还有江盈科、陶望龄、黄辉、雷思霈等。

公安派发轫时期，正值"前后七子"把持文坛，复古主义大行其道。公安派提出了与之不同的文学主张，反对抄袭复古，主张创新求变，猛烈抨击前后七子步步因袭、字字模仿的弊病。同时，他们提出文章要独抒性灵，不拘格律，抒发作家真实的情感和主张。公安派还提倡从民间文化和现实生活中汲取创作素材，大力推崇通俗文学。他们的文学理念对前后七子的复古主义有明显的矫正作用，带来了新的创作风气。他们创作的散文、诗歌清新优美，如一阵清风吹进沉闷的文坛，在当时具有很强的影响力。

公安三袁雕像

公安派的主要成就在散文，特别是一些游记、随笔等。代表性作品有袁宗道《锦石滩》、袁宏道《虎丘记》、袁中道《花雪赋引》、雷思霈《潇碧堂集序》等。

10. 阳羡派

清初词坛流派众多，阳羡派是早期流派之一。该派创始人陈维崧是江苏宜兴人，因古时宜兴又名阳羡，故该派得名阳羡派。阳羡派的主要活动时间是清代顺治年间和康熙前期。

陈维崧是该流派文学理论体系的构建者，也是最重要的实践者。在词风上，他倾心豪放一派，力改长期以来盛行的婉约香软之风。他的词受苏、辛二人影响较大，词风奔放，情感充沛，不拘格律，气象宏大。他反对南宋时期对苏、辛词形式上的简单模仿，提出词要有充沛的情感和深刻的思想，要与社会现实相结合，具有现实意义。这一理念直指词坛长期以来的弊端，对于词的中兴具有重要意义。陈维崧创作力旺盛，一生创作了大量诗词，现存词集《湖海楼词》收录作品一千六百余首。他是清初词坛中兴的重要推动者。

除陈维崧之外，蒋景祁、万树、史唯园、陈维岳、曹贞吉等人也是该流派的重要成员。几人之间相互唱和，留下了不少佳作。

阳羡派与稍后兴起的浙西派共同开创了清初词坛的新局面，引领了清代词坛的文学潮流，为革除明代词坛的弊端，振兴清代词坛做出了突出的贡献。

11. 浙西派

浙西派是清代初期的一个著名词派，主要活跃于康、雍、乾三朝。其开创者为朱彝尊，主要成员有李良年、李符、沈皞日、沈岸登、龚翔麟，此六人被称为"浙西六家"。龚翔麟曾收集六家词，合刻为《浙西六家词》。因该流派的主要成员来自浙江一带，故得名。

浙西派推崇宋代姜夔、张炎的文学风格，标榜清雅、空灵，崇尚婉约之风，贬低豪放词派。在创作上，该词派注重词的格律，词句典雅精工，在形式上极为考究。在内容上，主要是歌咏太平，描摹宴嬉逸乐，传递盛世之音。由于这一理念符合清初统治者治国理政的需要，因此，浙西派盛极一时，影响深远。

朱彝尊为该流派的开创者和集大成者，与阳羡派陈维崧并称"朱陈"，为清初词坛的执牛耳者，深刻影响了当时词坛的风气和格局。朱彝尊博通经史，诗词俱佳，著有《江湖载酒集》《静志居琴趣》《茶烟阁体物集》《蕃锦集》等词集四种，收录词作五百余首。他在《解佩令·十年磨剑》中自述"不师秦七（秦观），不师黄九（黄庭坚），倚新声玉田（张炎）差近"的创作理念，追求创新，力除陈词滥调，不落窠臼。他是浙西派文学理论体系的主要缔造者和实践者，浙西派其他成员在其影响下，形成了近似的美学风格，汇聚成清代词坛最有影响力的一个流派。

12. 桐城派

桐城派是清代著名的散文流派，主要代表人物有戴名世、方苞、刘大櫆、姚鼐，此四人被称为"桐城四祖"。该流派因主要人物皆来自安徽桐城一带而得名。桐城派的发展经历了一个漫长的时期。戴名世是该流派的奠基者，方苞为初创者，刘大櫆是承前启后者，姚鼐则为集大成者。这几人在文学理论上有传承和开拓的关系，共同丰富了桐城派的文学主张，推动了这一流派的发展。

在文学理论上，桐城派继承了明代唐宋派的主张，推崇程朱理学、儒家思想，追求文以载道，行文不浮夸雕饰，必言之有物，开篇即立意明确。在文风上，该派不重堆砌辞藻，但求简明达意、条清缕析。因此，其文章多简明通畅，柔顺易读。方苞《狱中杂记》《左忠毅公逸事》，姚鼐《登泰山记》等名篇都鲜明地体现了这一特点。

桐城派自康熙年间形成，一直延续到清末，时间跨度近二百年，影响甚广。除"桐城四祖"外，该派后继者甚多。经过几代人的努力，桐城派形成了完整的文学理论体系、独特的艺术风格，并有壮大的创作队伍和大量优质的作品，因此，该流派成为清代最具影响力的文学流派之一，时人称之曰："天下文章其在桐城乎！"因为桐城派的巨大声誉，桐城在当时也被人们称为"文都"。

13. 常州派

常州词派发轫于清代嘉庆年间。彼时清代盛世已过，政治经济正在走向没落；这时的词坛，阳羡派、浙西派均积弊日深，缺乏新意，走向穷途。在这种形势下，以张惠言为代表的常州词派走上文坛。

张惠言是常州词派的开创者。他与兄弟张琦编辑《词选》并进行评点。《词选》选词严格，评点公允，是清代重要的批评文本，也是常州词派文学理论的一面旗帜。他自己写作《词选序》，阐明自己的词学理论，认为词与诗、赋等文体同等重要。在创作风格上，他倡导比兴寄托、意内言外，追求言有尽而意无穷的艺术境界。《茗柯词》是实践其词学理论的重要词集。

除张惠言外，周济是该流派的另一重要人物。他传承了张惠言的词学理念，并使之发扬光大。周济强调词"非寄托不入，专寄托不出"，并关注到创作与接受的关系问题，也揭示了具有普遍性意义的文学命题。常州词派发展至周济之时，成为了词坛的主导者。词集《味隽斋词》是周济的代表作，收录其词作一百余首。

由于常州词派在一定程度上纠正了此前阳羡派、浙西派等存在的一些问题，因此，它成为清代后期较有影响力的词派，直至清代终结而不衰。

14. 宋诗派

宋诗派兴起于清朝道光、咸丰年间，是一个著名的诗歌流派。该流派推崇宋代诗风，偏重宋诗格调，故得名。主要代表人物有程恩泽、祁寯藻、何绍基、郑珍、莫友芝、曾国藩等。

在理念上，该流派主张诗歌要包含个人性情、思想和社会道义，但这里所强调的思想并不是代表新思潮的现代主义思想，而是指日趋没落的封建正统思想，这是该流派保守的一面，也是其最终走向没落的主要原因之一。同时，该流派强调将文学创作与学问相结合，此理念与乾嘉以来盛行的考据之风有密切联系。在艺术风格上，该流派推崇宋代苏轼、黄庭坚所秉持的诗歌理念，追求瘦硬生涩的美学风格，以险为新，以奇为贵，但又常常失于枯涩，缺乏艺术美感。在题材上，该流派以描摹自然山水、酬唱应和为主，有少量作品关注现实民生，较少涉及国家重大政治事件，缺乏鲜活的时代气息。

宋诗派作家以何绍基、郑珍成就最高，代表作有郑珍的《溪上水碓成》《武陵烧书叹》《度岁澧州寄山中四首》《湿薪行》，何绍基的《元象》等。

宋诗派揭开了近代诗坛"宋诗运动"的序幕。它发展至光绪年间，演变为"同光体"一派，同当时新思潮人士所开创的南社，形成对峙的局面。

六 各具特色的文学并称

1. 风 骚

风骚原本是《诗经·国风》和《楚辞·离骚》的合称,后用来泛指文学。

《国风》是《诗经》中最有价值的部分。从篇幅来看,《国风》占《诗经》总篇幅的一半以上;从内容来看,《国风》大多是各地的民歌,内容最充实,题材最广泛,主题最深刻;从形式来看,《国风》惯用赋、比、兴的手法,形式最活泼,文学水平最高,我们现在所熟知的《诗经》中的名篇,大多出自《国风》。

《离骚》是伟大的爱国诗人屈原的代表作,也是《楚辞》中成就最高、流传最广、影响最大的作品。离骚,就是离别时的愁苦的意思。在诗中,诗人运用了夸张、想象等手法,以香花、异草为比喻,表达自己对理想政治的追求,抒发对祖国深深的眷恋。整首诗歌洋溢着浪漫气息,是我国浪漫主义诗歌的先声,对后世文学影响极为深远。

《国风》与《离骚》同被视为我国古代诗歌发展的源头,在我国古代文学发展史上具有非凡的意义。后人常用"风骚"代指文学或才华。如清代赵翼《论诗·其二》:"江山代有才人出,各领风骚数百年。"再如毛泽东《沁园春·雪》:"惜秦皇汉武,略输文采;唐宗宋祖,稍逊风骚。"

2. 建安七子

建安七子是活跃于汉末建安年间(196—220)的七位文学家之合称,即孔融、陈琳、王粲、徐干、阮瑀、应玚、刘桢。

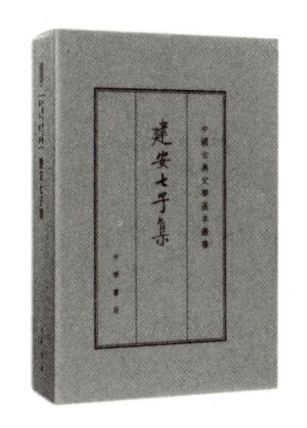

建安是东汉末年汉献帝的一个年号。当时曹操占据邺城（今河北临漳），在中国北部创造了一个以邺城为中心的相对稳定的政治局面，然后开始招贤纳士。于是许多文士在饱经战乱之苦后，纷纷投奔曹操。建安七子中孔融与曹操政见不合，其余六家则都投奔曹操，拥有相对安定、富贵的生活。他们对曹操怀有报恩之心，想依附于他，干一番事业。他们的作品与曹氏父子（曹操、曹丕、曹植，合称"三曹"）有很多共通之处。"七子"与"三曹"，是建安文学的主力军，对魏晋诗、赋、散文的发展做出了贡献。

《建安七子集》

建安七子的创作方向和风格有所不同。孔融最擅长写奏议散文，作品立意高远，妙语连珠，代表作品有《荐祢衡表》《与曹操论禁酒书》等。陈琳诗、文、赋都很擅长，他的作品多关注民生疾苦，代表作《饮马长城窟行》，描写繁重劳役给广大人民带来的苦难，非常具有现实意义。王粲是七子中文学成就最高的作家，其作品被后世誉为"七子之冠冕"。他的作品具有强烈的抒情性，代表作《七哀诗》和《登楼赋》是建安文学精神的代表。徐干为人淡泊，在汉末争名逐利的社会中能甘于贫困，不为流俗左右，实在难能可贵。他的代表作《中论》，被曹丕称赞"成一家之言，辞义典雅，足传于后"（《与吴质书》）。阮瑀善作章表书檄，当时曹氏集团的檄文大多是由他和陈琳拟写的；他的诗歌语言朴素，往往能反映出社会问题。代表作品有《为曹公作书与孙权》《驾出北郭门行》等。应场比较擅长作赋，诗作《侍五官中郎将建章台集诗》也有较高的成就。刘桢擅长作诗，特别是在五言诗创作方面成就斐然，其作品气势高峻，格调苍凉，三首《赠从弟》是其代表作。

3. 初唐四杰

初唐四杰是唐代初期王勃、杨炯、卢照邻、骆宾王四位文人的合称。他们反对齐梁以来文学创作上的绮丽风气，主张创新，在诗歌内容、风格等方面有较大改革，使诗歌走出宫廷，关注到广阔人生，题材更为多样化，风格亦倾向清朗俊逸。同时他们对五言诗的创作要求更加规范，使五言律诗发展到成熟阶段，为唐诗带来了新的风貌。

王勃（650或649—676），字子安，绛州龙门（今山西河津）人。他自幼聪敏好学，六岁能文，被赞为"神童"。十六岁即科举及第，授朝散郎职。二十七岁时，他去探望父亲，在返回途中渡海时不幸溺水，不久病死。王勃文思敏捷，传说他作文时，先把笔墨纸砚备好，然后饮酒酣睡，醒来后文章一挥而就，一字不改，世人称他善于为"腹稿"。他的诗歌清新自然，善用警句，意境高远；他的文多用骈体，词采华茂，声律严谨。代表作品《送杜少府之任蜀州》《滕王阁序》都是脍炙人口的名篇。

杨炯（650—？），华阴（今陕西华阴）人。十岁时即被称为"神童"，二十七岁授校书郎。武则天时，他曾任婺州盈川令，故后世称其为"杨盈川"。他擅长写五言律诗，描写边塞生活的诗歌尤其出色。代表作《从军行》借用古乐府曲调名为题目，抒写了书生投笔从戎、征战边关的过程和心情，从而表达了国家有难，匹夫有责的使命感和建功立业的豪情壮志。

卢照邻（约634—约685），字升之，号幽忧子，幽州范阳（今河北涿州）人。他曾经担任邓王府典签，升职为新都尉，后因病辞官。他居住在太白山中，修身养性，误服丹药，中毒致残，最终不堪忍受政治失意和病痛的双重折磨，投河自尽。卢照邻的诗歌中七言歌行体写得最好，代表作品《长安古意》以奔放富丽的诗笔，揭露上层社会的奢靡生活，在初唐歌行体长篇中成就显著。

骆宾王（约638—？），婺州义乌（今浙江义乌）人。他少年时即表现出超人的才华，七岁时作《咏鹅》诗，惊动一时。但仕途不顺，最初任道王李元庆府属，后又任武功、长安两县主簿。进入朝廷中为御史时，多次上书议论天下大事，被判罪入狱，贬临海县丞，所以世称"骆临海"。后追随徐敬业，在扬州起兵反对武则天，失败之后不知所终。骆宾王最擅长七言歌行，《帝京篇》广为传唱；五言律诗《在狱咏蝉》借寒蝉自喻，乃是脍炙人口的佳作；他还善作骈文，写过犀利的《代李敬业传檄天下文》（《讨武后曌檄文》），当时影响很大，武则天读此文时还曾大加赞赏。

4. 永州八记

唐代文学家柳宗元被贬为永州司马时，创作了八篇描写永州山水的散文，史称"永州八记"。具体是指《始得西山宴游记》《钴鉧潭记》《钴鉧潭西小丘记》《至小丘西小石潭记》《袁家渴记》《石渠记》《石涧记》《小石城山记》。

柳宗元（773—819），字子厚，河东解（今山西运城）人，世称"柳河东""河东先生"，唐代文学家、思想家，唐宋八大家之一。柳宗元出身于官宦家庭，少年时就因才华出名，有远大的志向。进入朝中为官后，他积极参与王叔文集团的政治革新运动，失败后被贬为永州太守，心中难免抑郁不平，所以寄情山水，借游山玩水排遣心中的郁闷。柳宗元用优美的文字展现了湘桂之交的一幅幅山水胜景，并融入了自己的身世遭遇、思想感情，形成了一篇篇情景交融的佳作，在山水游记中独树一帜，散发着历久弥新的艺术魅力。

永州八记所描写的多是眼前小景，比如小丘、小石潭、小石涧、小石城山等，柳宗元总能以小见大，沙里淘金，描绘出一幅幅精美绝伦的艺术精品。如《至小丘西小石潭记》描写小石潭周围的环境，"四面竹树环合，寂寥无人，凄神寒骨，悄怆幽邃"，营造了一种寂静无人的清幽意境。《石渠记》写小石渠之水流经之处的景色，十分细腻，长不过十许步的小水渠上处处是幽丽的小景，美不胜收。作者观察入微，描摹细致，刻画出永州山水的色彩美、形象美和动态美，而且在山水中融入自己的情感，使永州山水成了他的精神寄托，成就了山水之美的同时也成就了他的人格美。物皆着我之色彩，物我两和谐，柳宗元用生花妙笔谱写出了动人心弦的人与自然的和谐华章。

5. "三吏""三别"

"三吏""三别"是唐代伟大诗人杜甫的现实主义诗歌代表作，即《新安吏》《石壕吏》《潼关吏》和《新婚别》《无家别》《垂老别》这六部经典作品。它们深刻地写出了民间疾苦及战争给老百姓带来的残酷生活。

唐玄宗天宝年间爆发了安史之乱，这场浩劫历时七年之久，给百姓带来了极大的灾难。唐肃宗乾元元年（758年）六月，杜甫被贬华州（今陕西华州）。这年冬天，他从华州奔赴洛阳探亲，第二年离开洛阳，赴华州上任，途经新安（今河南新安）、潼关（今陕西潼关）、石壕（今河南陕州）等地，目睹了这场战争给百姓带来的灾难，尤其是官府征丁的惨状。他饱含同情与悲愤，写下了这些作品。

《新安吏》写于乾元二年（759年）三月。由于朝廷的昏庸，唐朝六十万大军兵败邺城，国家局势十分危急。为了能够迅速补充兵力，官府实行了没有限制、没有规则、惨无人道的拉夫政策。本来唐朝的征丁政策是年满二十三岁，而这时为补充兵力，官府强征刚刚成年的男子入伍。于是出现了"肥男有母送，瘦男独伶俜。白水暮东流，青山犹哭声"的惨烈送别场面。

《石壕吏》写差吏乘夜到石壕村征兵，连年老力衰的老妇也被抓服役的故事。全诗以老妇哭诉一家的悲惨遭遇展开，写出了差役的嚣张蛮横、百姓的凄惨无助，表达了诗人深切的同情与悲愤。

《潼关吏》写漫漫潼关道上，无数士卒在辛勤地修筑工事。面对潼关吏的夸耀，诗人却表现出担忧："请嘱防关将，慎勿学哥舒。"希望统治者能吸取教训，避免重蹈覆辙。

《新婚别》写一对新婚夫妇的离别。结婚第二日清晨，新郎就要赴前线。新娘大段悲怨而又沉痛的自诉，塑造了一个承受苦难命运，又以国事为重的善良、坚毅的年轻女性形象，深刻揭示了战争带给百姓的巨大不幸。

《无家别》写一个第二次被征去当兵的独身汉，在踏上征途之际，既无人为他送别，又无人可以告别，只有一个人自言自语，诉说自己无家可别的悲哀。

《垂老别》写一位老翁子孙都战死了，但战火逼近，官府要他上前线。于是老翁把拐杖一扔，颤巍巍地跨出了家门。他临行前告别老妻，内心充满了矛盾与痛苦。

"三吏""三别"上承《诗经》、汉乐府的现实主义风格，下启白居易等人的新乐府，是杜甫现实主义诗歌创作的顶点。

6. 唐宋八大家

唐宋八大家，亦称唐宋古文八大家，指的是唐代韩愈、柳宗元和宋代欧阳修、苏洵、苏轼、苏辙、王安石、曾巩八位散文家。

南北朝以来，文坛盛行骈文，此文体注重对偶、声律、典故和词藻，华而不实，已经不适用于新的时代。唐初就有人提出要宗经明道，以此复兴先秦两汉风格的散文，使文章形式更加自由，以利于反映现实生活。韩愈、柳宗元发展了这一主张，提出了一套完整的古文理论，并身体力行，写了大量的优秀古文作品。这一文坛革新现象，称为"古文运动"，韩、柳二人也成为了古文运动的领袖。

到了宋代，针对当时文坛的"险怪奇涩"之文，欧阳修等人重新倡议古文革新，主张"明道"，效法韩愈，进一步发展了韩、柳开创的新的散文形式，更有利于表达思想，也便于人们接受。苏轼则以丰富的、多方面的创作实践，完成了这一诗文革新运动，并成功地把这一运动的精神扩展到词的领域。明朝初期的朱右将韩愈、柳宗元、苏轼、苏洵、苏辙、欧阳修、王安石、曾巩八人的散文作品汇编在一起，出版了《八先生文集》。后来唐宋派散文家唐顺之也将这八位唐宋散文家的部分作品收在《文编》中。明朝中叶唐宋派领袖茅坤在此基础上加以整理和编选，取名为《八大家文钞》，"唐宋八大家"由此得名。

《八大家文钞》

韩愈、柳宗元为唐代古文运动领袖,欧阳修、苏轼、苏洵、苏辙四人为宋代古文运动的核心人物,王安石、曾巩为临川文学的代表性人物。他们先后掀起古文革新运动,提倡散文,反对骈文,提倡自由表达,不受形式的拘束,给当时和后世的文坛都带来了深远的影响。

7. 三 苏

"三苏"指北宋散文家苏洵和他的儿子苏轼、苏辙。他们父子三人都在唐宋八大家之列。"三苏"并称最早见于宋朝王辟之《渑水燕谈录》:"苏氏文章擅天下,目其文曰'三苏',盖洵为老苏,轼为大苏,辙为小苏也。"父子三人中成就最高的是苏轼。

苏洵的文章继承孟子、韩愈的传统,并形成了自己的雄健风格。他擅长政论、史论,文章多谈兵谋、权变,说古论今,很有气势。代表作有《六国论》《权书》等。

苏辙善于驾驭多种文章体裁,他的散文"汪洋澹泊,深醇温粹,似其为人"(明·刘大櫆《栾城集序》)。虽然议论文不如父、兄,但记叙文曲折动人,饶有情趣。代表作有《黄州快哉亭记》《武昌九曲亭记》等。

苏轼的散文气势豪迈，明白畅达，名作有《留侯论》《石钟山记》等；诗清新豪健，善用夸张、比喻等手法，独具风格，《饮湖上初晴后雨》《题西林壁》等皆是千古传诵的名篇；他还将北宋诗文革新运动的精神贯彻到词的创作中，开豪放派之先河，对词的革新和发展做出了巨大贡献。

三苏是北宋文化昌盛时期著名的文学家，也是文学史上光彩夺目的巨星。三父子一齐列入"唐宋八大家"，在中国文学史上是绝无仅有的奇迹。

8. 苏门四学士

"苏门四学士"指的是北宋文学家黄庭坚、秦观、晁补之和张耒。苏轼是继欧阳修之后北宋文坛的领袖人物，黄、秦、晁、张都得到过他的培养和举荐。他说："如黄庭坚鲁直、晁补之无咎、秦观太虚、张耒文潜之流，皆世未之知，而轼独先知之。"（《答李昭玘书》）由于苏轼的推荐和赞誉，四人很快名扬天下。"苏门四学士"的称号仅仅表示这四位作家精神上追随苏轼，得到过苏轼的垂青和指导，接受他的文学影响，并不代表他们与苏轼同属一个文学流派。实际上四学士造诣不一，受苏轼影响的程度也有所不同，文学风格更是大不相同。

黄庭坚（1045—1105），字鲁直，自号山谷道人，晚号涪翁，洪州分宁（今江西修水）人。他在苏门四学士中成就最高，影响最大。他的诗师法杜甫，开创盛极一时的江西诗派，在诗歌史上与苏轼并称"苏黄"，在宋代诗坛的影响力甚至超过了苏轼。苏诗气象阔大，而黄诗气象森严，他们在诗歌艺术上各自创造了不同的境界。黄庭坚词与秦观齐名，年轻时写过不少艳词，晚年的词风则接近苏轼。他的书法亦是独树一帜，擅长行书、草书，是"宋四家"之一。

秦观（1049—1100），字少游、太虚，号邗沟居士、淮海居士，扬州高邮（今江苏高邮）人，宋代婉约词代表作家。他少时聪颖，博览群书，洒脱不拘，抱负远大，苏轼很赏识他。曾作《黄楼赋》，苏轼赞他"有屈、宋之才"。秦观的主要成就在词。他的词不走苏轼的路子，以写男女情爱见长，亦有很多感伤身世的作品，风格委婉含蓄、清丽雅淡。

晁补之（1053—1110），字无咎，号归来子，济州巨野（今山东巨野）人。他出生于书香世家，有良好的家庭文化熏陶，又聪敏强记，所以年幼时就能作文，亦工书画，与张耒并称"晁张"。晁补之的散文语言凝练流畅，风格接近柳宗元。苏轼曾称赞他文章写得博雅瑰伟，极有说服力，远超过一般人，认为他以后定会显名于世。诗学陶渊明；词格调豪爽，语言清秀晓畅，接近苏轼。

张耒（1054—1114），字文潜，号柯山，祖籍亳州谯县（今安徽亳州），生长于楚州淮阴（今江苏淮安）。他身形魁梧，是以人称"肥仙"。诗词皆擅长，《全宋诗》《全宋词》中有他多篇作品。他的文章类似苏辙，汪洋澹泊；他是苏门四学士中受唐诗影响最深的作家，诗学白居易、张籍，大多反映下层百姓生活及自己的生活感受，风格晓畅平易；其词流传很少，语言香浓婉约，风格与柳永、秦观相近。

9. 元曲四大家

"元曲四大家"是关汉卿、马致远、郑光祖、白朴四位元曲作家的并称，简称"关马郑白"。这四位作家有一个共同特点，就是都不求功名利禄，长期生活在社会底层，与老百姓在一起，所以他们的作品能够非常真实地反映当时社会的现实，不仅思想深刻，还有浓郁的生活气息，因此深受广大群众的喜爱。

关汉卿，号已斋叟，大都（今北京）人。他是四人当中成就最高的作家。此人博学多才，谈吐幽默，仪容潇洒，同时又有广泛的兴趣爱好，下棋、歌舞、演戏、踢球、吟诗、吹拉弹唱无所不通，常出没于酒肆、戏场之地，一生奉献于戏剧事业。他的作品多揭露当时黑暗的社会现实，歌颂劳动人民尤其是妇女对黑暗现实的反抗，作品风格自然流畅，人物形象鲜明生动，极具表现力。他的《窦娥冤》《单刀会》《蝴蝶梦》等作品至今仍有打动人心的力量，他塑造的窦娥、桃杌、赵盼儿等形象今已成为许多社会现象的代名词。

白朴，初名恒，字仁甫，后字太素，号兰谷。父亲白华官至金枢密判官，与著名诗人元好问为至交。天兴元年（1232年），蒙古军进军汴京，白华随金哀宗出奔。第二年城被攻破，白朴母亲身亡，元好问带着八岁的白朴流落到聊城，数年后白朴才与父亲重逢。这一段经历对白朴的一生有重大影响。他后来放浪形骸，视名利如粪土，多次拒绝元朝大臣史天泽的提拔。

他的杂剧内容多为历史传说和爱情故事，主题主要包括三个方面：一是对历史和政治问题的思考。如讲述唐明皇与杨贵妃爱情故事的《梧桐雨》告诉我们，贪图享乐必然导致政治腐败，而一旦政治腐败到极点，又要牺牲爱情来成全政治。二是揭露封建礼教对青年男女爱情的摧残。三是同情与支持青年男女冲破束缚，为自由的婚姻而抗争。如《墙头马上》中塑造了大胆泼辣、追求婚姻自由的李千金的形象。

郑光祖，字德辉，平阳襄陵（今山西临汾）人。他曾在江浙一带做过小官，死后葬在西湖灵芝寺。元代钟嗣成《录鬼簿》中说其"为人方直，不妄与人交。名闻天下，声彻闺阁"，故死后很多人为他送葬。他的作品以历史剧、爱情剧为主，清丽优美，音韵悠扬，不仅极具文采，而且与本色的戏剧语言相结合，深受人们的喜爱。他的杂剧今天所知的有十八种，现存《迷青琐倩女离魂》《钟离春智勇定齐》《虎牢关三战吕布》等。其中《倩女离魂》成就最高。张倩女与王文举原是指腹为婚，倩女的母亲却令王文举功成名就后再完婚。文举被迫上京赶考。倩女因思念文举，灵魂离开身体，追随文举而去。后文举中举，二人一同归来，倩女的灵魂与病体重新合一。这部作品塑造了大胆反抗封建礼教、追求爱情自由的张倩女的形象。

马致远，字千里，号东篱，大都（今北京）人。他年轻时有壮志豪情，期待能够"佐国"，后来沉迷于词曲，出入于各种剧场。后被提拔，任职江浙行省务官。晚年退隐后沉醉诗酒。元贞年间，他与剧作家、演员组织书会，一同编写北曲杂剧。他创作的杂剧有十五种，今仅存七种，其中《汉宫秋》写昭君出塞的故事，在艺术上有较高的成就。其杂剧擅长悲剧抒情；其半数作品为神仙道化戏，有逃避现实的消极意味；曲词清丽典雅，功底深厚。

10. 三言二拍

"三言二拍"为明代五部著名白话短篇小说集的合称。"三言"指冯梦龙的《喻世明言》（原名《古今小说》）、《警世通言》、《醒世恒言》。"二拍"指凌濛初的《初刻拍案惊奇》和《二刻拍案惊奇》。

明代白话短篇小说的主要形式是"拟话本"。宋元时期的说唱艺人讲唱故事所用的底本被称为"话本"，文人模拟话本形式而创作的白话短篇小说则称为"拟话本"。拟话本的代表就是冯梦龙的"三言"和凌濛初的"二拍"。冯梦龙、凌濛初等文人，受王阳明"心学"的影响，力图把儒家思想从士大夫阶层进一步推向民间，而通俗小说正是教化民众的最佳途径，这是他们创作编辑、创作小说的原因之一。冯梦龙把小说集命名为《喻世明言》《警世通言》《醒世恒言》，可见其编纂宗旨十分明确。"三言"每册有四十篇，一共一百二十篇。其中有收录的宋、元、明以来流传的旧作，也有根据野史、笔记、戏剧、小说、历史故事乃至民间传闻进行的再创作。冯梦龙对这些作品统一编辑加工，并给各篇故事加上了整齐的回目。

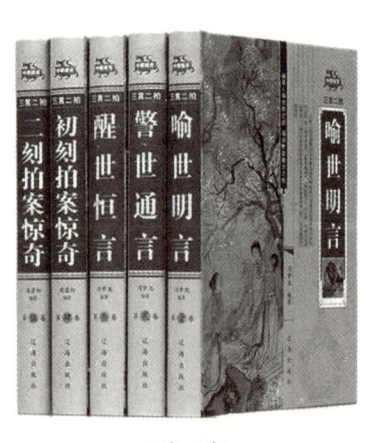

冯梦龙推崇话本小说，是希望可以通过它启迪大众的"良知"，达到廓清世风的目的。"三言"以描写市井生活为主体，反映了社会各个阶层特别是市民阶层的情感世界，体现了充满生命活力的市民思

想意识。其中的优秀作品故事完整，情节曲折，细节描写细腻生动，调动多种表现手法刻画人物性格，人物形象鲜明。极高的艺术成就使"三言"成为我国古代白话短篇小说的最高峰。"三言"的故事为后来的戏剧舞台提供了丰富的素材，比如《玉堂春落难逢夫》《杜十娘怒沉百宝箱》《白娘子永镇雷峰塔》等。

话本小说的规范性文体和创作方式都是由"三言"确定的。"三言"影响了凌濛初的《初刻拍案惊奇》和《二刻拍案惊奇》。"二拍"四十卷基本属于凌濛初的个人创作，是中国小说史上第一部文人独立创作的拟话本小说集。"二拍"反映的大多是市民的生活和思想意识，比如《转运汉巧遇洞庭红》写的是商人泛海经商的事，反映出明末商品经济的发展。《叠居奇程客得助》《乌将军一饭必酬》等故事也都重视商业的描写，这在以前的短篇小说中十分罕见。"二拍"中的作品也多包含劝诫之意。

11. 南洪北孔

南洪北孔是清代剧作家洪昇、孔尚任的并称。他们分别创作的《长生殿》和《桃花扇》，是清代曲坛上最负盛名的作品。洪昇是钱塘（今浙江杭州）人，孔尚任是曲阜（今山东曲阜）人，因此有"南洪北孔"之称。两位剧作家都因其剧作而惹祸上身，一位被革除了监生资格，一位被罢官，但他们留下的这两部作品在后世获得了极高的评价。当时的清朝政治清明，商业发达，曲坛大兴风花雪月、才子佳人之风，而这两部作品主题极深刻，艺术价值极高，成为曲坛上闪耀的双星。

洪昇青少年时期是在战乱中度过的，他的师长、外祖父、父亲都曾经出仕。所以他的思想既受到战乱中遗民的影响，感叹故国兴亡，又拥护新王

洪 昇

朝，走上了仕途。他在康熙时期是国子监太学生，生活却非常贫困。而他为人又孤傲，和父母分居后生活更加艰难，不得不求告权贵。后来其父被污蔑，他的生活又遭受了打击。在这样的境况下，他用十年的时间写下《长生殿》这一不朽之作。后来，他因在佟皇后丧期演出《长生殿》而被革除太学生籍。最终，他在外出访友的归途中，因醉酒落水而亡。他的戏曲作品现存《长生殿》和《四婵娟》两种，作品中流露出一定的民主思想。

孔尚任

孔尚任是孔子的六十三代孙，早年隐居读书，后康熙南巡至曲阜祭孔，孔尚任作为御前讲书官，得到了康熙的赏识，被破格录用为国子监，进京上任。后来，他随工部侍郎孙在丰去治理淮阳河道，在游历扬州、南京一带时结交了许多明朝遗老，获得了大量关于明朝兴亡的历史资料，为创作《桃花扇》积累了丰富的素材。《桃花扇》写成后获得了巨大的成功。他的作品透露出他依附于统治阶级、感激康熙知遇之恩，但又不满于清廷的掌权与政治黑暗的复杂情怀。主要作品还有传奇《小忽雷》，诗文集《岸堂稿》《长留集》等。